Because I am a Girl

わたしは女の子だから

ティム・ブッチャー
グオ・シャオルー
ジョアン・ハリス
キャシー・レット
デボラ・モガー
マリー・フィリップス
アーヴィン・ウェルシュ

角田光代 訳

英治出版

BECAUSE I AM A GIRL

by

Tim Butcher, Xiaolu Guo, Joanne Harris, Kathy Lette, Deborah Moggach,
Marie Phillips, Subhadra Belbase and Irvine Welsh

Japanese translation rights arranged with
The Random House Group Ltd
through Owls Agency Inc.

私も女（の子）だからこそ——まえがきにかえて

角田光代

プランというNGO団体がある。本部がイギリスにあるこの団体は、「途上国の子どもたちとともに地域開発を進める」ことを活動のモットーとしている。

二〇〇九年、私はプラン・ジャパンから仕事の依頼を受けた。開発途上国にいって、そこで暮らす女性たちに会い、話し、それを書いてほしい。

このときプランは、「Because I am a Girl」というキャンペーンを行っていた。「女の子だから」という理由だけで差別を受けることが当然とされる国は、世界にたくさんある。

日本も、ほんの少し前までは、女性は女性だからという理由で、軽んじられてきた。ほんの何十年か前は、女性にとって教育は重要ではないと見なされていた。男女雇用機会均等法が制定されたのは一九八五年だ。昭和四十年代生まれの私が子どものころは、「女の子なのに」「もっと女らしくしなさい」と、ごくふつうに言われていた。だから、「女だから」という理由で不当な扱いを受けるということがどんなことか、なんとなくはわかる。けれど、このキャンペーンの対象となる国々での不当さは、その理解をはるかに超えている。

女の子だから学校にいかなくてもいいと言われる。男のきょうだいより、少ない食事しか与えられない。男の子の何倍も、雑用や家事をさせられる。十五歳にもならないのに結婚させられる。女の子だから売り飛ばされる、売春をさせられる。女の子だからレイプされる。

こうした開発途上国の女の子たちを守り、支援し、意識と知識を高めようというのが、キャンペーンの目的である。本書の「はじめに」にも書かれているとおり、女性差別が行われている国では、男の子の教育を優先するが、女の子の教育のほうがよほど将来的に役立つとプランは考えている。それはそうだ、自分たちは男性より劣った存在ではないと女性が知るところからすべてはじまる。それが具体的にどんなことであるのかは、本書を読んでいただければわかると思う。

私も女（の子）だからこそ——まえがきにかえて

二〇〇九年、プランの依頼を受けて私が向かった先は、アフリカのマリである。男性優位社会のマリでは、二千年前から続く女性性器切除という習慣が、未だに残っているという。女性が性的快楽を感じることのないよう、また、切除することで、結婚まで純潔が守られると見なされているために、それが続いている。赤ん坊から初潮前までのあいだに、女の子はこの儀式を受けなければならない。どのように切除するかというと、麻酔も消毒薬も用いず、錆びたナイフや剃刀でクリトリスを切り落とす。もちろんそれが元で出血多量になったり、敗血症になったりして、最悪の場合いのちを落とすこともあるという。

首都バマコから車で八時間走ったところにあるドゴンに滞在し、プラン・マリの職員と、日本で言うところの民生委員といった感じの、地元の衛生プロジェクトの活動をするスタッフとで、数日間、近隣の村を訪ね、女性たちに女性性器切除について訊いてまわった。

バマコにあるプラン事務局で、また、ドゴンまでの車中、プラン職員や、私たちを案内してくれる男女スタッフに、女性性器切除がいかに長い伝統を持っているか、いかに根強いかを聞いていた私は、最初は絶望していた。そんな習慣を変えるのは無理だ、と。しかも、それが伝統であるのならば、私たち外国人がとやかく言えることではないのではないか。長く守られてきた独特の文化に、土足で足を踏み入れるようなことにはならないのだろうか。

いろんな村があった。かたくなに女性性器切除の習慣はやめないと(女性たち自身が)主張する村があれば、数年前に完全にその習慣をやめた村があった。しかもその村は近隣の四村を説得して、女性性器切除をやめさせた。死者が相次いだため、宗教的リーダーによってその儀式が禁止された村もあった。切り立った崖を下ってのぼったところにある村にもいった。そこも昨年、女性性器切除を完全にやめ、その日、そのことを祝う儀式が市長や行政官まで招いて大々的に行われた。

習慣を変えるのはぜったいに無理だと思っていた私には、これらの変化は驚きだった。話を聞けばそれはひとえに地元のプランと地域スタッフの活動によるものだった。バマコの事務職から同行してくれた女性職員は、二、三カ月に一度、八時間かけてこの地域を訪れ、廃止をした人たち、廃止を検討している村の人たち、廃止しないと言っている村の人たちと、対話を続けている。衛生プロジェクトのスタッフは、家族と住む家を離れてこの地域に家を借り、もっと頻繁に村々を訪れている。定期的な対話がないと、すぐ古い考えに戻ってしまうからだそうだ。彼らはテレビとビデオ一式を持ってあの切り立った崖を下ってのぼり、啓発のためのビデオ上映会までやっているという。絶対に廃止しないと女性たちが声をそろえていた村も、最初は、そういうことを公然と話すことすらできなかったのだと言う。二千年動かなかったことが、今、動いているのを私は目の当たりにした。私に何かができるわけではないのだが、でも、こうして実際にその地に足を運び、その地の人たちの話を聞き、そこでプランの人たちがどのようなことをしているのかを知る、そのことには意味があると私は思った。

もしこのような機会があれば、ぜひまた声をかけてほしいと私はプランに頼んだ。マリから二年後の二〇一一年、今度はインドにいくことになった。

インドといってもデリーやコルカタといった都会ではなく、南部のアーンドラ・プラデーシュ州である。インドでもっとも売春や人身売買の多い地域と言われている。このあたりでは、男尊女卑の風潮が色濃く、さらに、カーストの考え方も根強いという。しかも、売春婦のカーストというものが存在するというのだ。

カーストというのは、前回の二千年続いている伝統よりもきびしい壁ではないかと私は思った。実際に禁止されているとはいえ、宗教と関わり合ったその思想は未だ根強く残っていると聞く（そしてこちらは五千年の歴史がある）。

私がインドで訪れたのは、人身売買された女の子たちと、売春婦を母親に持つ幼い男の子たちの暮らすシェルター、もう少し大きな女性たちが職業訓練を受けながら暮らすシェルターなどである。彼女たちの多くは、虐待などが理由で家を出て、都会に向かう途中で人買いにつかまり、売春宿に売り飛ばされた。そこで働いているさなかに、救い出されたのである。十五歳の女の子もいた。彼女たちの多くは、今、将来の夢を持っている。この施設を出たらベーカリーをはじめたい、コンピューターの仕事がしたいと話す。結婚したいという女の子が少なくないことに私は少しばかり安堵した。

売春婦というカーストで生きる女性たちが暮らす村も訪れた。彼女たちはここで生まれ、全員独身で、かなり若くても子どもがいる。そう聞くと、女の子どもはきっと母親と同じような職業になるのだろうと思わざるを得ない。職業と身分を選べないカーストだからでもあるが、でも、もしカーストがなくても、その悪循環からどのように抜け出せばいいのか、わからない。

プランと地元のNGOは、彼女たちに健康衛生面でのケアや指導を行い、子どもたちが学校に通えるよう手配し続けている。支援を受け、ほかの職業（ジューススタンドやレンタサイクルショップ）をはじめた女性もいるという。今、ここに住む女性たちは、そのようなカーストに生まれたからこの仕事に就くしかできないという考えを、捨てはじめている。

そのようになって最初に生まれるのは、怒りであることを私は知った。
集まった女性たちのひとりが、こうした話をしているうち、猛然と怒り出したのである。今まで警察にいかに軽んじられてきたか、こんなことがあった、あんなひどい目に遭わされた、なぜなら彼らはカーストだと決めつけているから。警察も近所の人も、まるで犯罪者のように私たちを扱ってきた。

その怒りの勢いはまったく衰えず、どんどん強まり、その場にいたほかの女性たちも、同意し、うなずき、補足しはじめた。私は最初この怒りに戸惑い、何ひとつ解決していないのではないかと暗い気持ちになったが、しかしそうではないと、彼女の顔を見ているうちに理解した。怒りは第一歩なのだ。今、彼女たちはようやく、自分たちが見下げられてしかるべき存在ではないと知ったのだ。怒り、声を上げ、結束し、闘いはじめたのである。解決してはいないが、けれど解決に向けて、動きはじめているのだと彼女の怒りは気づかせてくれた。

あまりに楽観的な見方はしたくない。資金不足はつねについてまわる。売春婦たちの村への資金提供は、あと数年で終了することがプラン本部で決定されている。けれど、私が二つの場所で見聞きしたのは、やはり、絶望に近い状況ではなく、ほんのかすかではあっても、希望により近い現実だった。

女性性器切除、人身売買、売春婦というカースト。みな聞き慣れないことだ。もし私がプランとかかわっておらず、どこかでこうした単語を耳にしても、おそらく興味を持たなかっただろう。無関心、というよりむしろ、知りたくない気持ちが、興味を失せさせたはずだ。同性として、それらの言葉に私はやっぱり拒否反応が起きる。そして今、私が暮らしているちいさな世界にかかわりのないことがらに、その拒否反応をおさえて首をつっこむ必要はないのである。仕事の依頼を受けなければ、私はそれらが現在も行われていると知らずに日々を過ごしていただろう。たぶん、同性だからこそ。

仕事の依頼を受けた理由は、だから女性問題に興味を持っていたからではなく、単純に、こうしたNGO団体が、いったいどの程度、対象を変える力を持つのか知りたかったからだ。わかりやすいたとえをすると、私たちが寄付した場合、それは実際に彼らに届くのか、知りたかった。たくさんの手を経由して、はるか遠くの国々に運ばれているあいだに、手数料や税金やあるいは不正や何かでどんどんすり減り、だれにも届かず、何をも変えずにいるのではないか。そうしたことを、知りたかったのだ。

今ならはっきり言える。プランは、いや、プランだけではなく多くの団体は、対象を変える力を持っている。私はそれを見てきた。私が寄付するとするなら、それは金額以上に意味があることを知った。

けれどそれよりも、女だからという理由だけで女の子が、女性が、未だ理不尽な扱いを受け、差別に甘んじていると実際に知ることができたのは、それよりもっと、私にとっての意味があったと思っている。同性だから、たぶん拒絶していたことを、同性だからこそ、なんとかしたいと思うようになった。私は非力だ。けれど、なんとかしたいと思うところからしか、ものごとは動かない。

そして、もうひとつ知ってよかったことがある。もし、マリでもインドでも、働きかけているのが欧米人もしくは先進国の人々だけであったならば、私は戸惑っただろう。こんなにも長い伝統を、思想を、おかしいじゃないかと言い、遠隔の地で説いてまわっているのは、しかしその地で生まれ暮らすスタッフであり、それらをさらに、文字通り必死になって広めているのは、間違っている、変えることができると気づいた、その地域に暮らす女性たちなのである。彼女たちは欧米の、というより、外部のだれかの声に従っているのではない。私はそのことに感銘を受けた。

この本は、私のように依頼を受けて開発途上国にいった、世界各国の作家たちによるアンソロジーである。小説を書いた人も、ルポルタージュを書いた人もいる。作品はそれぞれ異なるけれど、それぞれ訪れた国でだれしもが共通のショックを受けたことがわかる。私たちがそれぞれ暮らしているちいさな世界には、あり得ないことがそこでは次々と起こる。作家たちは傷つき、怒り、皮肉り、なんとか冷静になろうとしながら文章を書き綴っている。根底にあるのは、私が感じたのと同じ、痛烈な「なんとかしたい」である。

翻訳にかんして私はまったくの門外漢である。だから、この本を訳すなんて本当に無謀なことだとわかっていた。けれど、その依頼を引き受けないわけにはいかなかった。私はすでに、ここに登場する女の子たちを知っているのだ。知る、ということは、なんとかしたい、と思うことで、なんとかしたい、と思うことは、私のなかでは、かかわるということである。作家たちが（おそらく私と同様の思いで）描き出した、幾人もの女の子たちの声を、私は私たちの言葉で、届けなくてはならなかった。

翻訳にかんしてばかりでなく、それぞれの地の歴史や習慣、社会問題までも含め、ていねいに教えてくださった、川副智子さん、戸田早紀さんに心から感謝します。翻訳のプロであるお二方の協力がなければ、この本の出版ははるか先になったと思います。過酷な状況にありながら、どんな場所でもはじけるように笑っていた大勢の女の子たちに会わせてくれたプラン・ジャパンのスタッフ、久保田恭代さんにも、とても感謝しています。この本を手にとってくださったすべての方々にも、お礼を申し上げます。

どうぞ、ページをめくり、多くの女の子たちに、会ってください。

Because I am a Girl

わたしは女の子だから

目次

はじめに

プラン・UK事務局長　マリー・スタントン

この女の子たちの身に何が起きるか知りながら、それでも毎晩、街頭に送り出しているることをどう思いますか？　と私は訊いた。まったく馬鹿な質問をしたものだ。十五歳になる私の娘にも、のちのちそう言われた。私はアレクサンドリアのホテルを訪ねていた。そのホテルは日中、教師やカウンセラーが、ホームレスの女の子たちを支援する場となっていた。ホームレスの男の子のためのホステルは昼夜とも開放されているのに、エジプト当局が女の子の宿泊を認めていないため、毎日午後五時になると、まだ九歳の女の子たちは、石けんと応急手当セットの入ったちいさなバッグを持たされて、唯一知るこの住処から閉め出される。長年、世界じゅうで活動をしてきたけれど、このとき思い浮かべた光景ほど私を動揺させたものはなかった。たしかに私は馬鹿な質問をしたのだろう。

女の子たちが路上で生き抜くためには、アレキサンドリアに無数にはびこるギャング団の一員になるしかない。年長のメンバーによる性的虐待、という入団料を支払って。女の子がすでに処女ではなく「レディ」であるのなら、夫がいないのも彼女たちの責任、と当局は思いこんでいる。そう思いこむことで、ホームレスの女の子の存在を見ないことにしている。つまり、彼女たちを赤ん坊とともに見捨て、路上の捕獲者の餌食にしているのだ。

この本は、調査書や統計値ではけっして見えてこない、そんな女の子たちの姿を見てもらうために編集された。多くの国で、十歳の女の子がよい成績をもらうために教師と関係を持っていると、最近NGOプランの報告書があきらかにした。このことをイギリスのメディアはいっさい報道しなかった。

こうした被害者を、見える存在にするにはどうしたらいいか？　私はジャーナリストのビル・ディーズと、かつて大飢饉に見舞われたスーダンの最奥地を旅したことを思い出す。旅のあとで彼が書いたレポートは——強烈なひとつの物語だった——読むものの心をとらえ、政府を動かすに至った。そこで私はランダムハウス・グループの編集者の力を借りることにした。現地におもむき、女の子が受けている不当な扱い——兄弟より少ない食べものしか与えられず、学校をやめさせられ、性的虐待を受けている——について書いてくれる作家を見つけるために。

作家は、援助者とは異なった視点でものを見る。作家たちはじつに熱く応えてくれた。マリー・フィリップスは、性的虐待の責任が、虐待する側ではなく、女の子たちに負わされていると知って、愕然とした。

キャシー・レットも熱さでは負けていないが、彼女特有のユーモアを駆使し、陽気だけれど痛烈な物語に仕上げることで、ブラジルの女の子たちの生活に光をあてた。

ジョアン・ハリスはその地で会った女の子たちと強い絆を結んだ。かつて教師をしていた彼女は、若い人たちと仲よくなるのが得意なのだろう。彼女は、カデカという名の少女の一日を描き出した。トーゴの村の中心部で、私が唐辛子の皮をむいているときのことだ。どっと笑いが起きたのでそちらを見やると、体を折り曲げ、驚くほど大きな薪の束をかついだジョアンの姿があった。おんなじ量の薪を、カデカは見るからに楽々とかついでいた。

それとは対照的に、アーヴィン・ウェルシュはドミニカ共和国に滞在中、人との交わりを避けた。彼は公式な会合には出席せず、つねに外側から観察し、簡潔な質問をしていた

――木の名前や、言葉の意味についてだ。そうして書かれた物語は驚くべき内容だったが、ドミニカのプラン職員たちは、即座に評価した。そう、このとおりだと彼らは言った。ここで起きていることを、彼はわかっている。どうしてわかったんだろう？　と。

デボラ・モガーは聞き手に徹した。彼女が書いたものはフィクションかもしれないけれど、彼女が実際に会った少女たちから聞き出した、いくつもの真実を織り交ぜた物語だ。デボラはつばの広い帽子をかぶって木陰に座り、辛抱強く、やさしい声で質問し、少女たちからうまく話を引き出していた。

グオ・シャオルーは映画監督であり、作家である。彼女もまた、どのようなものであれ、こちらの用意した予定や情報を拒否した。彼女は自らの目で見、フィルムをまわすことで、その国の歴史とそこで暮らす人々を知ろうとした。彼女はその空気をとらえ、そこから物語を立ち上げた。

ティム・ブッチャーはジャーナリストとして任務をこなした。グレアム・グリーンの足跡をたどってリベリアとシエラレオネを旅し、戦争によってダメージを受けた少女たちにインタビューをした。彼が書いた一編の小説には、彼女たちは平和になった今もなおダメージを受け続けているという事実が映し出されている。

作家たちが執筆しているあいだにも、彼らが出会った多くの少女の生活は、世界的金融危機によって大きく揺らいでいた。プランの年次報告「世界ガールズ白書」は、二〇〇九年の金融危機が、世界の至るところで地域社会や各家庭に打撃を与えていること、そのように経済的に逼迫すると、もっともその影響を受けるのは女性や少女であることを明確にした。世界銀行は、一歳の誕生日を迎える前に死亡するアフリカの子どもは、二〇〇九年だけでも五万人増え、そのほとんどが女児であると推測している。世界銀行の専務理事、ヌゴジ・オコンジョ・イウェアラは、二〇〇九年度の報告書にこんな自己紹介文をよせている。

ナイジェリアの貧困のなかで女の子が育つということは、理屈で説明できるものではありません。一日一ドル二十五セント以下の生活が現実でした……マラリアにかかった妹を救うために、彼女を背負い、五マイルも歩いたときのことを、未だに覚えています。思い返せば、私に成功への扉を開いてくれたのは、教育、そして家族の思いやりと支えでした……女の子に投資することは、世代間でくりかえされる貧困の連鎖を断ち切る、ひとつの効果的な方法なのです。教育を受けた女の子は、教育を受けた母親となり、人生の可能性が広がります。彼女たちは、同じく教育を受けた男性より、子どもの学校教育にはるかに熱心になる傾向があります。

私が属する支援団体、プランもまた、世界じゅうの、九百万人の子どもと七十年間歩み続けているその経験から、女の子への投資が貧困の連鎖を断つという見解に至った。教育を受けていない幼い少女が低体重児を産んで母親になり、その子もまた教育も受けられず健康状態もよくないまま育つ、そういった悪循環を断ち切るために、私たちは、「Because I am a Girl」キャンペーンを開始した。その一環として、ある女の子たちのグループとその家族の実態を、二〇一五年まで追うことになっている。女の子のひとりはブレンダという。母親のアディーナが、二番目の子であるブレンダを出産したのは、まだ十三歳のときだ。ブレンダは今三歳で、彼女の母親は家族を養うのに、明らかに苦労している。ブレンダは社会から引き離され、始終おなかをすかせている。すでにこれだけ不利な状況にあるブレンダが、学校でよい成績をとるようになるのは難しいだろう。そもそも、学校にいけたと仮定してだが。

二十世紀は女性解放がもっとも大きく進歩した時代だと、先進国の多くの人々が見なしていて、教育における女性差別が問題となることはめったにない。けれどひとたび学校を出れば、女の子たちは目に見えぬ壁にぶつかる。世界のより貧しい国では、そこまでの段階にも至っていない。女の子たちは今、あらたな脅威に直面している——都市化現象によって、アレクサンドリアの少女たちのように路上で無防備な生活をさせられ、リベリアのような国々の紛争では、レイプが武器のようにはびこる。

アフリカ初の女性大統領に選ばれた、リベリアのエレン・ジョンソン・サーリーフは、二〇〇八年の「世界ガールズ白書」でこう述べた。

リベリアの人口の五十パーセントは十八歳未満で、その半分以上が女性です。リベリアの少女たちは、近隣の男性や教師から、女性差別に基づいた暴力を日常的に受けています……少女たちの未来を保証することこそ、国家が発展を遂げるための課題だと私は信じています。よく知られる格言「男を教育するのはその男の家族を養うこと、女を教育するのは国家を教育すること」、その意味するところはじつに深いのです。

グラサ・マシェルはプランの年次報告「世界ガールズ白書」を支持し、こう言った。

「男の子ではない、という理由だけで、女の子は価値がないという考えを、私たちはもはや受け入れることができません」。世界じゅうの女の子たちが、あまりにも長いあいだ、あまりにも多くの人たちから、無価値な存在だと言われてきた。今、当然のことながら、女性たちはマシェルの言葉を信じはじめている。女の子への信頼と、投資不足を覆す、それが「Because I am a Girl」キャンペーンの目的である。ウェブサイトにアクセスして、ぜひ私たちの仲間になってほしい（日本語版ＵＲＬ：http://www.plan-japan.org/girl/)。

タイトなスケジュールをこなし、滞在中は慣れない生活を強いられた、本書に執筆いただいたすべての作家と、そんななかから生み出された魅力と個性にあふれたすべての作品に、感謝している。出版元のヴィンテージ・ブックスのレイチェル・クニョーニとフランシス・マクミランのアイディアと理解にも、感謝をささげたい。最後の言葉は、もちろん女の子たちにささげるべきだろう。

私が兄や弟にまったく劣っていないってことを、いつか証明してみせる。

ラキ　十七歳

Because I am a Girl
わたしは女の子だから

道の歌

ジョアン・ハリス

Road Song

Joanne Harris

ここには本当にたくさんの神さまがいる。雨の神さま、死の神さま。川の神さま、風の神さま。とうもろこしの神さま、薬の神さま、昔からいる神さま。どこかから持ちこまれた新しい神さまも、地面に根を下ろし、おしるしや歌や伝説を、風に運ばせる。

北大通り《グレイト・ノース・ロード》もそんなあたらしい神さまのひとつだ。ベナン湾に近い町、ロメから、はるか北の町ダパンゴまで、汚れた川のように道は続く。道の起点、首都ロメには、むしむし暑い道路や市場、洒落た大通りや海岸がある。海岸通りには、藻屑のようにさまよう人たちもいる。原付バイクと自転車の群れがいつも渋滞の原因になっている。この通りが川と違うのは、日照り続きでもけっして干上がらないこと。この道で生まれた伝説も歌も、旅人の物語もまた、けっして涸れることはない。

私の物語はここ、ソコデの町外れからはじまる。ソコデはロメから五時間かかる活気にあふれた大きな町で、ちいさな村々がしずくのようにまわりを取り囲んでいる。村の人たちは生活のいっさいをこの道に頼っている。とはいえ、多くの村人たちは南北それぞれ、数十マイルより先にいったことがない。人々はよくその道を歩き、道ばたに腰を下ろし、眺め、待っている。原付バイクやトラックを。とうもろこしの収穫に向かう、あるいは木を伐りにいく女たちを。道に運ばれてくるものを。

カッセナ村に住むアドジョも、そんな観察者のひとりだ。十六歳になる彼女は、六人きょうだいのいちばん上で、木陰に座って道を眺めるのが好きだ。道は、彼女の前ではくつろぐように見える。彼女の弟のマセランは飛行機雲が好きでいつも空を見上げていた。空よりトラックの好きなジャン・バティストはトラックが通り過ぎるとき、夢中で手を振っていた。けれどアドジョはただ、道路を眺めるだけ。生の兆しを見のがすまいと目を光らせている。この通りは、ただの土と石でできているのではないと、ここ何年かで彼女は信じるようになったのだ。この道は、大きな力と意志を持っている。それから、声も。その声は、遠くの雑音のようだったり、聖歌隊の歌声のように、大勢の人の声のようだったりする。

朝の五時、アドジョが起きていつもの仕事にとりかかると、彼女を待っていたかのように道路は、霧のなか、かすかにハミングをはじめる。道はまだ眠っているかもしれない。でも、アドジョは知っている。ワニみたいに、油断したやつをがぶりとやってやろうと、眠っているときでも片目を開けている。だからアドジョはぜったいに油断しない。サロンをきつく腰に巻き、ひもを腰でしっかり結び、ブラジャーをつけ、裸足で囲い庭を横切り、村の井戸で水をくむときも。それを洗濯小屋に運びこむときも。薪を刈り、束ねるときも。その束を頭に乗せて家まで運ぶときも。アドジョはいつも道の歌に耳をすませる。ずるがしこくて、油断ならない長い道に、太陽が昇るのと同時に埃が舞い上がり、人々が行き交いはじめたのを知らせる。アドジョはそれに目をこらす。

今朝は、道路はやけに静かだ。コウモリが数匹輪になって、バニヤンツリーの上を飛んでいく。薪の束を頭に乗せた女の人が道を渡ってくる。何かちいさなもの――たぶんヤブクマネズミ――が低木の下をすばやく走っていく。もしきょうだいたちがいたら、今日は狩りに出かけただろうとアドジョは思う。村の風下にある藪に火を放ち、ヤブクマネズミが火から逃れて走り出てくるのを待つのだ。ヤブクマネズミは、鶏肉よりはかたいけれど、でもうまみのある肉がたっぷりついている。それからきょうだいたちはそれをさばいて、枝を組み合わせて肉を広げ、市場にいく人たちに売るのだ。

けれどアドジョの弟たちは、ほかの子どもたちと同じように、いなくなって久しい。今ではだれもネズミ狩りをしないし、ソコデの道路わきに立って、車に向かって手を振る子もいない。手をたたいて飛びはねるアンペ遊びを一緒にしてくれる子も、木の下に仰向けになって飛行機雲をさがす子もいない。

アドジョは薪を、外にある台所のドアわきに置く。アドジョの家は、うねる鉄の屋根を持つ、れんが造りの集合住宅で、真ん中にある庭には、トタン屋根をのせている。鶏小屋があり、とうもろこしの倉庫があり、ずらり一列に並んだ腰掛け用の低いベンチがある。ベンチの端には鍋がひとつ置いてある。アドジョの母親は、この鍋でビールを造っている。きびを発酵させたビールだ。それを母親は村で売っている。それから週に一度、ソカデでたつ市で売る、大豆のチーズやとうもろこしのおかゆも作る。

アドジョは市場が好きだ。見るものがたくさんある。原付バイクに乗る若い男。うしろに乗る若い女。揚げたバナナやタピオカの原料となるキャッサバを売る人。木材を運ぶトラック。まじないをし、魔除けを売る呪術師。何をするでもなく道ばたに立つ人。パンケーキに餅のようなフーフー、ヤムイモにバナナ、山と積まれた雑穀、こしょうの実と米。

サロンやスカーフ、薄いショールのドュパッタ。ビーズのネックレス、ブロンズのイヤリング、ブリキ缶に入ったアリサ・ソース。バングル、陶器、瓶やひょうたん、スパイスと塩、花輪みたいにつなげた唐辛子、鍋、ほうき、かご、プラスチックのバケツ、ナイフ、コカ・コーラ、エンジンオイル、草履。

アドジョとその家族が買えるようなものは、ほとんどない。けれどアドジョは、屋台で売るとうもろこしがゆの準備をする母を手伝いつつ、市場で売っているものを眺めるのが好きだ。二つの石でとうもろこしの粉をひき、片手鍋でかゆをこしらえながら。そして、道の歌はここではより強く響いた。

遠い土地の歌。商人や旅人の歌。ゴシップやニュース。黒板にチョークで描かれた地図でしか知らない土地の名前も聞こえる。

道は、市場に向かうアドジョも、市場から帰るアドジョも、彼女がよちよち歩きのころから一日も欠かさず見てきた。今はたまにひとりでくることもあるが、たいていは母親といっしょだ。とうもろこしの入った編みかごを、バランスよく頭にのせてやってくる。

学校に通っていた二年前まで、道は、市場と逆のほうに向かうアドジョを見ていた。白いブラウスにカーキ色のスカートをはき、たくさんの本を抱えたアドジョ。そのころは道もちがう歌をうたった。あのころ聴こえたのは、数学や英語や地理の歌だった。辞書やサッカーの歌も、音楽や、希望の歌も聴こえた。

けれど弟たちが家を出てから、アドジョは学校に行くこともカーキの制服を着ることもなくなった。道の歌は、また変わった。今、道がうたうのは、結婚や家庭のこと、庭を走りまわる子どもたちの歌、とうもろこし畑で過ごす長い日々の歌、永遠に捨てられた、子どもらしい夢の歌。

アドジョは自分もここから出ていきたかったわけではない。アドジョは優等生だった。男の子に負けず劣らず賢かったし、サッカーも男の子に負けずうまかった。族長ですらそう評したほどだ（族長は女の子がサッカーをするのを認めていない）。けれど、父は一年じゅう家におらず、アドジョの母親はちいさな子どもの世話をしなければならず、その子たちは三人ともマラリアにかかっている。ひとりはまだ二歳にもなっていない。もちろんアドジョの母親は、娘を不憫に思いもするが、本を読めるからといってそれがお金になるはずもなく、一平方インチの畑を耕すのにすら役立たないこともまた、知っている。

だから母親は自分に言い聞かせる。兄弟はお金をかせいで帰ってくる。洋服代も薬代も食費もそれでまかなえる。ナイジェリアではだれもが毎日鶏肉を食べているという。だれもがラジオを持ち、だれもが蚊帳とミシンを持っているという。

それはアドジョの母親に聴こえる歌だ。夢はきっとかなうという子守歌。それはまるでアジェールの声みたいに聞こえる。光り輝くほほえみの、アジェール。

子どもたちは恋しいけれど、彼らはいつかかならずお金持ちになって帰ってくる。まだかろうじて十代になったばかりの子どもたちを、外国の、知らない町にやるのは本当につらかった。けれど、何かを犠牲にしなくてはならない。アジェールはそう彼女に言った。二人はうまくやるはずだ、とも。二人は自転車を買ってもらえるだろうし、携帯電話だって持たせてもらえる。そんなお金持ちはここトーゴにはひとりもいない。けれど、ナイジェリアでは何もかもが違っていて、家の床はタイル敷き、風呂もあるし電気も水も通っている。どの雇い主もやさしくて、働きにくる子どもを自分の子どものように面倒をみてくれるはず。女の子だって新しい服やアクセサリーを買ってもらえるし、化粧だってしてもらえる。

人買いたちが最初にやってきたときに、アジェールは光り輝く声でそう言ったのだった。

人買い。なんと残酷な言葉だろう。アドジョの母親は、むしろイエスが弟子に声をかけたときのように、人間を獲る漁師と呼びたいと思う。彼らが漁をする川は、この北大通りというわけだ。毎年、魚の産卵場所を求める漁師のごとく村にやってきて、大勢の子どもたちを連れていく。みんな、十二、三歳かそこらの、ちょうどマセランやジャン・バティストくらいの少年少女だ。パスポートなど持っていない子どもたちを、警察に見つからないよう、夜にこっそりナイジェリアに密入国させるのだ。木とプラスチックのドラム缶を、バナナの葉の編みひもでしばって作った筏で、川を渡ることもある。

アドジョの母親は、息子たちが帰ってきたとき、ちゃんと彼らのことがわかるだろうかと不安に思っている。ずっと大人になっているだろう。そう思うと胸がふさがれるようだ。そして、娘のことを思う。こんなに賢くて、こんなに若くて、赤いリボンを髪に編み込み、天使の声を持つ娘。

アドジョは未だに待っている。毎日の仕事が終わり、太陽が西の空の向こうに隠れ、幼い子どもが泥れんがの小屋の、粗末なベッドで眠りについたあと、母親はいつもアドジョを見ている。村にともる光が、北大通りに立つアドジョを照らし出す。アドジョはちいさく歌いながら、弟たちの帰りをそこで待っている。

アドジョは、道が神さまだと知っている。鎮めなければならない、荒ぶる神さま。神さまはときに迷子をさらう。トラックのタイヤで轢くのだ――それが犬ならまだ運がいい。

人買いは、しかしもっとひどい。昨年は四人の子が、その前は三人がいなくなった。アドジョは歌う。今年はどうかこさせないで。私たちに近寄らせないで。彼女は、そう願う相手が、キリスト教の神さまなのかイスラム教の神さまなのか、それともこの北大通りそのもの――村の子どもを魔法で消し去ってしまう埃まみれのずるがしこい蛇の神さまなのか、わからない。

夜になると、道は生き生きとしはじめる。うわさ話やひそひそ話が道にあふれ、昔ながらの耳になじんだ村の音が道に流れる。呪文を唱える声、太鼓を叩く音、子どもが遊ぶ声、族長の家の外からはラジオや携帯電話の震えるような音も聞こえてくる。男たちがそこでビールを飲みながら仕事の話をしているのだ。

でも今、そんなすべては遠い。村の上を通り過ぎる飛行機ほどに遠く感じられる。空に薄い線を残して飛び去っていく飛行機ほどにも。道だけが現実だとアドジョは思う。誘惑の歌をうたう道。まことしやかな嘘を信じて、もっとすばらしいものが手に入るという光り輝く夢のために、人は子どもを生け贄として差し出している、とうたう。

みんな二度ともどらないことを、彼女は知っている。でもそんな歌を聴きたくはない。人を獲る漁師たちは、言葉巧みに救済をほのめかす略奪者だ。彼らの正体は、毎年吹きあれるハルマッタンの熱風だ。刺すようなその風は大地からうるおいを奪い、人々の口を赤くて酸っぱい埃でいっぱいにする。その風が吹いているあいだ、作物は何も実らない。ただ、ただおろかな男の子たちと、彼らを人買いに渡してしまうほど、さらにおろかな母親たちの思い描く、夢のほかには。母親は息子を人買いに売り渡した。万が一、パトロール隊に見つかってその夢を知られた場合に備え、よそいきの服を息子たちに着せて。とうもろこしの乾燥がゆの厚いひとかけを、愛とともにバナナの葉でくるみ、お守りの赤いひもで縛り、それを息子たちの手のひらに握らせて。

お金は手から手へと渡る。たいした金額ではない。小麦一袋すら買えない額だが、赤ん坊には蚊帳が必要で、年をとれば薬が必要になる。それに、わが子を売るわけじゃない。アドジョの母親は自分にそう言い聞かせた。「約束の地」に送り出すだけだ、と。アジェールが子どもたちの面倒をみてくれるはずだ。アジェールは毎年息子たちの様子を知らせてくれる。あの子たち、来年は葉書か手紙を送ると思うよ、もしかしたら写真も――。

けれど、自分の内に、いまだに異議を唱えるもうひとりがいて、自分がしたことは正しいのかどうか、彼女は自問する。毎年、アジェールはにっこりと笑って言う。だいじょうぶだよ。おれのやることにまちがいはない。アジェールに会うのが年に一度しかないのは、母親にとってとてもつらいことだったけれど、彼は万事うまくやっていると母親は思う。彼はこうして子どもたちを助けてくれている。アジェールはいつか彼女を呼び寄せるとも約束した。いつか。もうすぐ、子どもたちがもう少し大きくなったらすぐ――四年か五年たてば――すぐに呼んでやる。

アドジョの母親は、彼の言葉を信じている。彼はとても親切にしてくれたのだから。けれどアドジョは、彼を信用していない。一度たりとも信用したことがない。だからといってこんな少女たったひとりに、いったい何ができる？　人買いがくるのを止めることはできない。毎年、赤い埃をまき散らすハルマッタンの熱風を止めることができないのとおんなじだ。私に何ができる？　アドジョは道に訊く。どうやったらやつらと闘える？

ある夜、アドジョは答えを思いつく。ひとり、道ばたに立っているときに。月は空の高い位置に出ているが、道路はまだ動物の体温みたいにあたたかく、埃とガソリンと、そこを踏みつけるいくつもの裸足の汗のにおいを漂わせている。

彼女の祈りに応えたのは道なのかもしれない、あるいは、耳をすませているほかの神さまがいるのかもしれない。どちらにしてもその晩、アドジョにだけ、ひとつの物語が語られる。孤独を、かなしみを、裏切りの歌を道はうたう。ナイジェリアにつく前に病気にかかり、置き去りにされて死んだ子どもたちの歌を。売春宿に売られた女の子たちの歌を。奪われた希望を、暴力と病気と空腹とエイズの歌を。頬に、カッセナ族特有の傷のある、二人の男の子の歌をうたう。北大通りを歩いて故郷に帰ろうとしている二人の姿は、不快な赤い砂塵に覆われているとうたう。自転車一台ぶんのお金でナイジェリアに売り飛ばされて二年、一日十四時間も働かされたあげく、無一文で、飢えと病だけを持ち帰ってきたとうたう。でも、生きている。アドジョは思う。生きていて、家に帰ろうとしている。道のうたう新しい歌のリズムに、アドジョの心臓の鼓動がまじりあい、そして埃のなか、アドジョは歩き出す。かろやかに体を揺らし、うたいだす。その瞬間、アドジョは、今までここから消えたすべての子どもたちが、声を合わせ、何にもかき消されないような声でうたいだすのを聴く。

そして今、子どもを獲る漁師とどう闘えばいいか、アドジョはわかっている。大それたことではないが、でも、それはひとつのはじまりだ。ちいさな種かもしれない、でも種はやがて木になり、木は森になる。その森はいつか、ハルマッタンの熱風を止めることができるほどの防風林になるかもしれないのだ。

今日ではない。今年でもない。けれどアドジョが生きているうちには――

だれもが目を見はるような変化が起きるだろう。

その夜、家に帰りながらアドジョは考える。村の光を過ぎ、族長の住む家を過ぎ、とうもろこし畑を過ぎ、太鼓みたいにふくれた鶏小屋の列を過ぎながらも、井戸水で顔を洗い、ひょうたんに入れた水を飲み、母親がいつもテーブルに用意してくれているとうもろこしのおかゆを食べているあいだも、かつて着ていたカーキのスカートと白いブラウスという制服を広げ、はきつぶしたサッカーシューズを出しながらも、考える。アドジョはマットレスに横たわり、夜の音に耳をすます。アドジョはそうしながら、たくさんの道のことを考える。私たちが自分で歩き出さなければいけない道――。

明日はかわろう、と彼女は考える。明日、道を眺めるのでなく、マーケットにいくのでなく、制服を着て学校にいってみよう。サッカーシューズのひもを持ち、私にだけ聞こえる歌に合わせて、サッカーシューズを揺らしながら。母親はきっと止めるだろう。でも、心の半分では許してくれる。いつか、弟たちが帰ってきたら、こう言ってやろう。どうして出ていったの？　約束の地は昔からここにあるじゃない。私のなかに。あなたのなかに。そして今、はっきり聴こえているこの歌を、弟たちにも聴かせよう。弟の子どもたちにもこの歌が聴こえるようになるだろう。彼らは私の言うことがはっきりとわかるだろう。

いきたいところに向かう道がなければ、自分の道を自分で作らないといけないの。

　トーゴの地にはおおぜいの神さまがいる。川の神さま、道の神さま。そういう神さまはたぶんぜんぶ偽物だ。けれど人の心には、ほんものの力がある。奮い立つ力、立ちなおる力。これもまた道の歌。子どもたちの声に道は支えられ、日に日に強さを増す。地中に深く根をはり、やがて、その変化の種を風がどこにでも運んでいく。

彼女の夢

ティム・ブッチャー

Bendu's Dream

Tim Butcher

その夢はあまりにも鮮やかで、ベンドゥーは起きてしまった。草ぶきのマットレスに寝ていたベンドゥーはまばたきをして、点滅しながら浮かぶ光景を見る。いつも見るいくつかの夢があって、今のはそのひとつだった。太陽をじっと見てから目をつぶっても、まぶたの裏で光は消えない。そうとわかっていながら、ぎゅっとかたく目を閉じる。それでも、夢はそろそろと近づいてくる。

ベンドゥーがまず思い出したのは、騒々しい音だ。獣の遠吠えじみた声、かさかさと葉がこすれ合う音、もみ合いをするような音。でも、彼女はそれがどこから聞こえてくるのかわからない。不思議な薄明かりがその光景を照らし出していた。まるで、ハルマッタンが吹いて、サハラ砂漠から西アフリカまで舞う土埃で、空がどんよりと重くなったときみたいだった。そんな薄明かりではよく見えないが、けれどベンドゥーは、自分のほかに、十代の女の子たちがいるのはわかる。彼女たちは恐怖のあまりうめいている。

彼女たちの顔ははっきりとは見えない。でも、そこにいるうちのひとりに、見覚えのある髪型の子がいる。いっしょに人質に取られたそのクラスメートに、ベンドゥーは自分のつらく困難な日々を語ったのだ。特徴のある巻き貝柄の巻きスカートが目に入った。

その布地を最後に見たのは、森から逃げる途中だ。餓死してしまったちいさな子どもを、若い母親がそれでくるんで埋葬していた。母親は深いかなしみにうちひしがれていた。

何が少女たちをこんなにこわがらせているのか確かめようと、ベンドゥーは夢のなかでゆっくりと体の向きを変えた。

体をラフィア椰子の葉で隠し、頭には、牙と見開いた目と、長い鷲鼻をした生きものの黒檀の仮面をかぶっているので、その生きものの正確な大きさはよくわからない。次の瞬間、その生きものは音も立てず地面に這うようにしゃがむ。仮面が人の腰ほどの高さになり、体を覆う葉がだらりと広がる。と、突然、すさまじい勢いで埃が舞い上がり、金切り声のような声を放ちながらそれは体を揺すってまわりだした。仮面は今やベンドゥーの頭上にそびえている。椰子の葉が狂おしく跳ねている。

その踊りは、ほかの何よりも心底おそろしかったが、この夢がベンドゥーにとって忘れられないのは、そのせいではない。そのときの自分の反応のせいだ。ベンドゥーはぎゅっと目をつぶり、本当にそんなことをしたのかどうか、思い出そうとする。恐怖で縮こまる仲間たちの輪から抜け、歓迎するかのように、ベンドゥーは両腕を広げて前に躍り出たのだ。その瞬間、気分がすっと楽になった。

その怪物は、さっきより凶暴になったみたいだった。さらにおそろしい声で鳴き、埃が舞い上がり、彫刻のある仮面はより高い位置からあらわれ、おそろしい威嚇のリズムを刻んだ。そこで夢は終わった。

*

ベンドゥーは幾度か瞬きして目を閉じたが、残像はもう消えていた。そのかわりに、いろんなもののかたちとにおいと音がたちあらわれた。ここは彼女が借りている、土壁の小屋の、ちいさな部屋だ。今はシエラレオネの「内陸部」で暮らしている。教わったとおりに言えば「上り線《アップライン》」。それは鉄道が首都フリータウンと各州をつないでいた植民地時代の呼び方で、線路はとうの昔に廃線になっている。

彼女が今暮らしているのは、フリータウンからはるか離れた、かろうじてシエラレオネ国内といえるところ、かつて交易の町として栄えたカイラフンだ。カイラフンは隣国のギニアとの東の国境付近に位置し、同じく隣国リベリアは、全盛期には越境貿易のよき相手として、開かれた地平という考えを実践した。そのなかには西アフリカのさまよい人、マンディンゴ族の商人たちもいた。流れるような衣をまとい、明るい色の帽子をかぶった彼らはひときわ目立ち、彼らのイスラム教への信念と、利益追求の前には、国境などなんの意味も持たなかった。さらに、地方の州へ派遣されたフリータウン出身の、解放奴隷の子孫であるクリオの行政官たち。大学の学位と教科書を持ってこの地方にやってきた彼らは、アフリカの片田舎を発展させようという野心に燃えていた。数少ないが白人のキリスト教宣教師もいた。彼らはまるで、アフリカの野蛮な奥地での布教活動が、大陸を制覇する手立てだと考えていた、旧時代の名残の人たちのようだった。

しかし、ここ何年かのうちに、カイラフンは開かれた地平に包囲されてしまった。不幸の元凶はカイラフンの位置である。リベリアの軍支援者がシエラレオネの内戦に介入するや、反政府軍と銃がカイラフンになだれこんだ。シエラレオネ政府が武装勢力に敗北すればするほど、カイラフンは、国外に流出する貴重なダイヤモンドと、国内に流れこむ殺人報酬の、中継地点となった。かつてにぎわった都市は、見る影もなく破壊された。内戦自体は、津波直後のような空気が町に広がるより前に、公式に終結していた。けれど、カイラフンは、戦争の残した傷跡や衝撃にその後も耐えねばならなかった。

ベンドゥーは、そのころのことはほんの少ししか覚えていないけれど、そのおそろしい時代を生き抜いてきた。ベンドゥーの生まれた、カイラフンの外れの村が最初の攻撃に遭ったとき、両親のどちらもが死んだことは、ベンドゥーは知っていた。死んだ母親の背に巻きスカートでしばられていたベンドゥーは、反政府軍の、非戦闘従軍者である女性に拾われたらしい。けれどこの女性は政府軍の攻撃によって殺され、その後ベンドゥーは、戦争の満ち干に身を任せ、漂流物のように生きてきた。

さまざまな武装集団の奴隷として働くことを余儀なくされたベンドゥーは、戦争で破壊された村の廃墟や森のなかを、なんとか住めるようにして移り住んだ。強制的に銃を持たされ、森に向かってがむしゃらに撃ったこともある。それはのちに「軍事行動」と誇らしげに語られたけれど、ベンドゥーはそんなふうには思っていなかった。男たちからは暴行を受けた。そう幾つも年の違わない、武装した野獣を男と呼ぶのであれば。彼らは彼女のなかにかろうじて残っていた、子ども時代の無垢を蹂躙した。ベンドゥーは男たちの、椰子酒が腐ったようなにおいと、何も見ていないとろんとした目を、今でも覚えている。

　戦争が終わり、支援団体から派遣されてやってきた児童心理学者は、ベンドゥーを特殊な症例として扱った。戦争犯罪調査官は、彼女の話を聞くために、十八時間のドライブをものともせずにシエラレオネを横断した。ベンドゥーが仕えていた反政府軍のひとり、イサイは、「カカトゥア」、戦時の残虐行為の責任を負うべき立場だったらしく、調査官は手帳とテープレコーダーを持参してベンドゥーの記憶を記録しようとした。

　けれどベンドゥーは、すべてのことをいつまでも覚えているのはやめようと思っていた。過去はあまりにも悲惨だった。シエラレオネの多くの人々と同様に、過去を振り返って責任追及をする努力など、なんの意味もないと思っていた。残虐行為に加わった人はいくらでもいて、全員の責任を追及したらこの地域は消えてなくなり、何も残らない。ただベンドゥーは、イサイがすべての行為をどのように正当化したかを覚えていた。彼は、子どもを兵士にすることも、レイプも、殺人も、「アフリカでは年長者がいちばんよくわかっている」という言葉で片づけた。

　国立病院で手術を受けた彼女は、一生子どもを産めないだろうと告げられた。それでも彼女は将来のことを考えようと思った。昨日ではなく、明日のことを考えようと。今すべきことは、暮らしていくためのお金を稼ぐこと。カイラフンで借りている部屋の家賃を払うために、お米を売ること。そして、この地域でいちばん古い、内戦後ふたたび開校されたメソジスト女学校——MGH——に自分の席を確保すること。

夢を見たあと、もう一度眠ろうとしても、目がさえてしまった。夜明けまでまだ少しある。カーテンのない窓から暗い月明かりがさしこみ、ベンドゥーの質素な部屋を照らし出す。部屋には、家主が作った籐の肘掛け椅子がある。家主の意地の悪い妻の、下女——奴隷といってもかわりはないが——となることで手に入れた椅子だ。

この意地の悪い妻に叱られ続けた一カ月を思い出すと、ベンドゥーの顔に薄い笑みが広がった。「ムチ好き女」とベンドゥーは家主の妻のことを呼んでいた。いつでも籐の「小枝」をムチがわりに持って、さもうれしそうにそれを使ったからだ。あのばかな女は、ムチを持った自分にはおおいなる力があると思っていたが、ベンドゥーはそれくらいでは負けなかった。戦争中に味わった苦しみと痛みに比べたら、ムチで打たれるなんてたやすいことだった。言われたことをちゃんとやれと金切り声でベンドゥーを叱るとき、あの女はイサイと同じせりふを口にした。「アフリカでは年長者がいちばんよくわかっているのさ」と。

この籐椅子には、ベンドゥーの持つ洋服がぜんぶ置いてある。洗濯してアイロンをかけ、たたんだ何枚かの服。その上にMGHのフェルトの制帽。そして壁には、二つのお気に入り。むき出しの垂木に吊してあるのは、アーセナルというサッカーチームに属する選手のポスターだ。ベンドゥーはその選手の名前を知らず、また、アーセナルというチーム名の意味も知らない。けれど、その選手が黒人で、成功者で、ものすごくハンサムだということに、心惹かれている。

ポスターの隣、壁に突き刺した小枝からぶらさがっているものは、もうひとつのお気に入りである。プラスチックの縁の、ちいさな鏡だ。生まれてからずっと、ベンドゥーは自分がどんな顔をしているか知らなかった。戦争が終わり一年が経ち、戦闘地帯からカイラフンに最初に帰った一団にマンディンゴ族の商人がいて、彼から鏡を買ったのだ。

乾燥させたバナナの葉のなかを、たくさんのねずみがかけまわる音がするきりで、部屋は静まりかえっている。ベンドゥーは、かすかな炭の煙のにおいで、もうすぐ朝が近いことを知る。反対側の小屋に住んでいるマ・ファアタというおばあさんが、一日の準備をはじめたらしい。

煙のにおいがベンドゥーに、あることを思いつかせた。「マ・ファタはずいぶん長く生きていて、なんでもよく知っているわ。私の夢の意味も、もしかしてわかるかもしれない」そう思いつくと、ベッドから起き上がり、巻きスカートをはき、プラスチックのたらいに水を満たすために、小川まで一マイル歩こうという気になった。重くなったたらいを頭にのせ、水をこぼさないようにそろそろと小屋まで戻ってくるころには、雄鳥が朝いちばんを告げるように鳴いた。

＊

いつものように、ベンドゥーの一日はやることがたくさんある。生き延びるためだけの単調な仕事をずっとしているせいで、彼女の手にはいつもタコがあり、背中は始終痛んだ。部屋に戻ると、まずたらいの水で、前の晩から汚れたままの鍋と皿を洗う。マ・ファタと共同の炭火で米をたき、椰子油とまぜる。冷蔵庫がないから、料理をとっておくことはできない。電気の通らない場所に暮らす無数の人々と同じく、ベンドゥーも一回の食事で食べきれる以上の量はめったに作らない。マ・ファタは小屋の反対側で、ぶつぶつ言いながらせわしなく働いている。今は夢のことを話せそうにない、今でなくていい、とベンドゥーは思った。

小屋の床をほうきで掃いて、マンゴーの木のある空き地の、自分の「側」も掃くと、ベンドゥーは水の入ったたらいをついたてのうしろに運んだ。河床から持ってきた板石に、編んだ椰子の葉を組み立てたそのついたての後ろで、ベンドゥーは体を洗う。安物の石けんが板石にはりついてつるつるするので、滑らないよう足元に注意して立つ。それから空を見上げてたらいを傾け、残り水を額にかけると、全身を水が伝う。朝露が薄れ、青空の切れ端が見えてきた。あっという間に気温が上がり、昼の暑さになるだろう。両手で手足をたたいて水をはじき、ベンドゥーは巻きスカートをはいた。自分の小屋のドアにたどり着くわずかな時間に、もう体は乾いていた。

制服を着て、ベンドゥーは町の中心を通る道を歩き、学校を目指した。カイラフンには舗装された道は一本もなく、通りは、乾季には埃が舞い上がり、雨季にはぬかるんでいる。首都からこれほど離れた町では、行政とは想像上のもので、支援団体が作成したパソコン上のデータや、フリータウンの政治家おきまりのむなしい公約以上のことは、何も得られない。だからカイラフンの道は放置されたままだ。雨の日は、トラックやジープが泥を跳ね上げてわだちを残し、晴れればそのままかたまって、車軸や変速装置をこわす非常に危険な道になる。カイラフンで見かける乗りものといえば、支援団体の持つ最新の四輪駆動車か、地元の人たちが乗る、ドアがなかったりフロントグラスが割れていたり、雑な溶接で車体のあちこちが継ぎ合わされたりする、おんぼろミニバスかおんぼろトラックだけだ。

昔ガソリンスタンドだった建物で開かれた市民集会で、ベンドゥーは一度、町会議員に訊いたことがある。こんなに長いこと各国から援助を受けているのに、なぜカイラフンの町はめちゃくちゃなままなのですか、と。彼の答えの最初の部分は、政策の説明ばかりだったから覚えていない。けれど、あなたはそんなことで悩まなくていい、「アフリカでは年長者がいちばんよくわかっているのだから」と答えたときの、その男のさもえらそうな作り笑いをベンドゥーは忘れることができない。

タクシーがわりに使われている、中国製の安いオートバイ「オカダ」だけはスピード感を味わえるので、若い男のライダーたちは波乗りをするみたいにわざわざこの悪路を選んだ。町に出ると、オートバイがはき出す排気ガスの青い煙を避けて、飛び退かなければならなかった。煙の青色が濃ければ濃いほど粗悪な燃料が使われているらしい。カイラフンのような僻地で燃料が精製されるはずがなかった。

ベンドゥーは「オカダ」に乗った男たちをけっして信用しない。彼らはみんな、武装解除を交換条件として国連からオートバイをもらった元反政府軍だ。一度だけオートバイのうしろに乗ったとき、ライダーから椰子酒と汗のにおいがし、あのおそろしい記憶がいっぺんによみがえり、どうしようもなくなったのを覚えている。焼けつくような暑い日だったのに、オートバイから降りたときには全身に鳥肌が立っていた。

町いちばんの大きな建物だったモスクの前を通り、さらに歩いて、倉庫を通りすぎる。かつてはメソジスト教会が所有していた古い伝導所だったが、今では商人たちの倉庫になっている。店舗が壊されたので、商人たちは、今は道路際に木の掘っ立て小屋を建ててしのいでいるが、毎晩、鉄柵と南京錠で小屋を守らなければならなかった。信頼できる警察組織のないシエラレオネでは、住民たちが治安を守らなければならないのだ。ベンドゥーはちいさな小屋の前で足を止めた。小屋の前には、板でできたトレーがひとつ置かれている。いちおう食料品店ということになっているが、在庫はパスタしかない。セロファンで包んで端をよじり、それを一つか二つ並べて売っている。カイラフンのように貧しさが定着してしまった町では、箱単位の商売ができる余裕ある商人は数えるほどしかいない。学校からの帰り道、フリータウンから配送トラックがきているかどうか、ベンドゥーはかならず確かめた。

七時三十分、点呼の列に並ぶと、この日はじめての汗が、緑のフェルト帽の縁からベンドゥーの顔に落ちる。学校に通うようになって、今まで感じたことのない目的意識をベンドゥーは抱くようになった。けれど正直に言えば、学校は居心地のいい場所では決してなかった。

何年も学校教育を受ける機会がなかったからしかたないのだが、戦争にさほど巻きこまれずにすんだ生徒たちは、彼女よりはるかに勉強ができた。まだ十代にもならない彼女たちが、自分よりずっと早くすらすら答えているのを見ると、ベンドゥーは恥ずかしくてたまらなくなった。

戦争による身体的な後遺症もあった。何年も、裸足で森を歩く生活をしていたせいで、彼女の足は横に広がっていた。はじめて学校規定の靴を履いたときは、はげしく痛んだ。学校に通いはじめたばかりのころ、靴を脱いで痛みを和らげていると、校庭にいた生徒たちがみんなで「象の足！　象の足！」とはやし立てたのをベンドゥーは覚えている。それ以来、ベンドゥーは靴を脱がないし、ほかの生徒と仲良くすることもない。

夢を見たその日の休憩時間、ベンドゥーは所定の位置についた。木陰で輪になったクラスメイトたちから少し離れて腰を下ろし、自分からはあまりしゃべらず、彼女たちの話を聞いていた。クラスメイトたちはみな十六歳で、最近の休み時間に話すことといったらその話——イニシエーション——ばかりだった。

西アフリカ一帯では、伝統的社会がおこなう一定期間の訓練を受けてはじめて、男の子は男性として、女の子は女性として認められる。シエラレオネで有名な森の結社は、男性のための「ポロ」と、女性のための「ブンドゥー」だ。秘密結社ということになっているが、知らないものはいない。暗闇にまぎれるようにして連れ去られた若者は、森の奥深くへと導かれ、数週間、ときには数か月そこで過ごし、そこで起きたことのいっさいを完璧に秘すと誓って、はじめて大人として姿をあらわすのである。

間近に迫る女の子のイニシエーションについて、興奮して話す女の子たちの会話にベンドゥーは耳をすます。彼女たちが長々と話しているのは、イニシエーションのあとにブンドゥーから贈られるきれいなドレスのこと、儀式を終えたら結婚できるようになるということだ。彼女たちより年上のベンドゥーは——出生証明書を持っていないため、何歳年上なのか、正確にはわからない——ほかの女の子たちといっしょになって興奮することができなかった。彼女にとって、森での暮らしを強制され、だれかの命令をきくということは、戦争中に起きたことを思い出させるものでしかなかった。もうたくさんだ、と思ったのは、アミナッタというひとりの少女が、女のイニシエーションが最高潮に達すると、結社の年長者に押さえつけられ、切られるのだという話を平気ではじめたときだった。海外の支援団体の人たちがFGMという略語でそれについて語っているのを、ベンドゥーは聞いたことがあった。FGMとは、女性性器切除の略である。ある科学者は、痛みを和らげる薬も傷口やナイフを消毒する薬も使わずに、女の子のクリトリスを切り落とすのだと言っていた。「そんなことするなんて、ひどくない?」アミナッタは得意げに言った。「グループのなかに、いやがって暴れた女の子がいたってねえさんが言ってたわ。でも私はこわくない。だってきちんとした女性になれるんだもの」

切られる、と想像すると、胃の奥に穴が空いたような気持ちになった。目を閉じると、酔っ払った兵隊や国連の医療スタッフや手術医といったものが、点滅しては消えた。ベンドゥーは女の子たちの話し声を聞くまいとするが、アミナッタがまた話しはじめると、どうしても耳をすましてしまう。おかあさんも、おばあちゃんも、儀式のことはなんの心配もしなくていいと言っていたとアミナッタは言い、そして続ける。

「アフリカでは年長者がいちばんよくわかっているもの」

一時にチャイムが鳴り、学校は終わるが、ベンドゥーにはまだまだすべきことがたくさんある。日中でいちばん暑い時間だけれど、徒歩で帰らなければならない。商人たちの店までいったら、カイラフンからのトラックがやってきたかどうか確かめよう、と思う。けれどトラックはきておらず、ベンドゥーはがっかりして小屋に帰り、制服を脱いで着替えた。午後は稲をとってきて、乾燥させ、もみ殻をとりのぞく作業をする。

まず、死んだ父親が所有していたわずかな土地を目指して、森のなかを二マイルも歩かなければならなかった。そこは畑と呼ばれているが、サイクロンが何もかもなぎ倒していったような場所に見える。半分倒れて、ねじくれている木々。蔦や低木が倒れかけた木の下で、蜘蛛の糸のように絡まっている。地面はでこぼこしていてどこにもかしこにも大きな岩がある。それでも、森が天井みたいにその地を覆っていないので、日がさしこみ、作物を育てられる。ベンドゥーが栽培しているのはおもに米だが、キャッサバも少し栽培している。畑の隅に貯蔵庫もこしらえた。ねずみから作物を守るため、地面から八フィート高くなるよう枝を組んで支柱をたてた、藁葺きの貯蔵庫だ。

ベンドゥーは低木に目をこらし、階段として使えそうな、足がかりのある頑丈な竹を見つけた。

それを貯蔵庫にかけてのぼり、稲入りの袋をひとつ取り出した。袋はヨーロッパの支援団体の名が描かれていて、消えかかっているが、まだなんとか判読可能だ。その袋をベンドゥーは地面に下ろし、しっかりと頭に固定させると、階段を隠す。それから小屋に帰る。

小屋のそばまでくると、袋から出した稲を広げて乾かし、そのあいだに川へ水をくみにいった。戻ってから腰をかがめ、干した稲を突っつこうとする鶏たちをシッシッと追い払いながら一時間、注意深く調べて、茎や草、くさったもみをつまみ出した。それが終わると、もみをぜんぶ袋に戻し、今度はもみ殻をとりのぞく面倒な作業に取りかかる。草で編んだ受け皿をまわしながら、もみを椀ですくって一杯ずつ入れていく。そうすると元気な実はへりのほうに集まり、外れたもみは手前に集まる。袋ひとつぶんの脱穀が終わると、もう夕方だ。

日が暮れると、ベンドゥーは炭に火を入れ、鍋で米をたいた。塩を入れないとあんまりおいしくはないが、ゆでたキャッサバの葉をいっしょに調理すると、ほんの少し風味が出る。マ・ファタが共同の調理場で調理をはじめ、ベンドゥーは彼女に話しかけたくてうずうずした。でも、まだ待たなくてはならない。生煮えの椰子の実から油を絞り出すために一日足踏みをしていたマ・ファタの足は真っ赤だった。とても疲れているように見えるので、ベンドゥーは屋外の風呂場で体を洗い、マ・ファタが食事を終えてゆっくり休むのを待った。

「マ・ファタ、昨夜私が見た夢が何を意味するのか、教えてくれませんか」

ベンドゥーは、マ・ファタが食事を終えて調理場に戻ってきたときに訊いた。この老いた夫人は、いつも彼女に敬意を払って接した。人からそんなふうに扱われたことの一度もなかったベンドゥーは、マ・ファタには失礼にならないよう気をつけていた。

「もちろんだよ」マ・ファタは言った。「椅子をとってくるから待っていてちょうだい。ゆっくり話しましょう」

マ・ファタは自分の小屋からふたつ、木製の椅子をもってきた。天然木の椅子は、作りは雑だけれど、長く使われた艶があり、座り心地はよさそうだった。マ・ファタは半分目を閉じて話を聞いた。マ・ファタはベンドゥーの過去についてほとんど何も知らないが、夢を見て眠れなくなることがあると聞いても驚きはしなかった。マ・ファタは、過去の記憶がこの女の子をふたたび苦しめませんようにと思った。正確に、ゆっくりと、思い出せるかぎり、ベンドゥーは昨日の夢について語った。甲高い叫び声、おびえる女の子たち、椰子の葉をまとった人形、威嚇の踊り、――そしていちばん重要なこと――それに立ち向かおうとしたときに、ベンドゥーの内に広がったあの静寂だ。

マ・ファタは椅子を静かに揺らしながら、しばらく黙っていた。彼女は、途方もない苦しみを味わわされたこの少女に、かつての悪夢を思い出させたくはなかった。けれどここで真実を告げるのをためらえば、賢いベンドゥーは気づくだろうこともわかっていた。

マ・ファタは正直に話そうと決めた。

「お嬢さん、あんたが見ているのは、悪魔だよ」

ベンドゥーは炭の火に照らされるマ・ファタの顔を間近で見つめ、じっと聞いている。

彼女は続けた。

「悪魔といっても、あんたの学校で宣教師が話すような悪魔じゃない。この土地の悪魔、森の悪魔。ずっと密かに行われている、あの儀式を仕切る悪魔だよ。人に話しちゃいけないと言われているけれど、あんたも聞いたことがあるだろう」

ベンドゥーはうなずいた。戦争中、森で暮らしていたあいだ、悪魔の話はしょっちゅう耳にしていた。

「大昔、子どもだった私もイニシエーションを受けるために連れ去られた。女の子たちの行儀をよくするために、その日、とうとう悪魔が近づいてきたのを覚えているよ。悪魔はあんたが言ったとおりの仮面をつけて、草で編んだ衣をまとい、わめき声をあげて踊っていた。いいかい、悪魔は、あんたの学校の先生みたいに決まりを守らせようとする。言いつけを守らせようとするんだよ」

ベンドゥーは少し考えてから、質問をした。

「でも、どうしてみんなをあんなにこわがらせなきゃならないの？　なぜ人の恐怖につけこむのかしら」

「それがこの土地のならわしだからだよ。次の世代にも確実に引き継がれる方法なのさ。知っているだろう、アフリカでは、年長者がいちばんよくわかっているのさ」

ベンドゥーは、消えそうになりながらも、残り火がなおも熱く熱く燃えるのをじっと見つめた。彼女はほほえみ、うなずいた。昨夜の夢の意味が、だんだんとわかってきたのだ。

伝統に盲目的に従うことは間違っていると、ベンドゥーはこれまでの人生で学んでいた。シエラレオネの将兵たちは、子どもたちを徹底的に教育して殺人者に仕立て上げ、間違った伝統をたてにして、子どもたちに忠誠を誓わせ、長い紛争を煽ってきた。政治家は資金を着服し、賄賂にまみれ、身内びいきの官僚制度に浸り、これがアフリカの流儀だと、肘でつつき目配せをして了解し、そうして国が衰えるままにした。列に並んだ政治家が、自分の順番がきたら、飼い葉桶一杯の公金をむさぼり食うことはもうわかった。そしてアフリカじゅうの女の子は、肉体的暴行を従順に受け入れるよう求められている。性器の一部だけじゃない、自分の運命を操る力すら、他者に切り取らせろと命じられているのだ。母親や祖母が、それに耐えてきたからという理由で。

そんなの、違う、まちがっているとベンドゥーは心のなかで言った。伝統というものはたしかにある、でも、だれかが都合よく解釈した伝統をかんたんに受け入れてはいけない。私はもう同じあやまちを犯さないだろうと彼女は思った。悪魔に立ち向かうだろうと。

店を運ぶ女

デボラ・モガー

The Woman Who Carried a Shop on Her Head

Deborah Moggach

アーネスティンは背の高い、がっしりした女性で、頭の上にビューティ・サロンをのせて、毎日何マイルも歩いた。サロンの商品は重たい木の箱に入っていて、ふたを開けると、女の人がきれいになるための品物がいっぱいつまっている。フェイスクリームや、髪飾り、石けん、化粧品、ファンデーション、コンディショナー、剃刀、脱毛フォーム、ピン留め、装飾品、香水にボディローション。アーネスティンは履き古したサンダルをぱたぱた鳴らしながら村を歩き、学校の終わる二時半には高校の前で女の子たちが出てくるのを待ち、それから木曜日には、市場から戻る女たちをはき出すバスの停まる通りで、それらの商品を売った。女の人がきれいになるためのものを売ってはいるけれど、アーネスティン自身は身なりにかまってなどいなかった。ちいさな家に戻れば、棚にひび割れた鏡があるにはあるけれど、それを見るような時間はめったになかった。夜になれば、電気のない家では真っ暗で何も見えなくなる。それに彼女の夫は、ありのままの彼女を愛していた。

——と、彼女は信じていた。

彼女の夫は、だれが見ても善人だった。彼女と同様、信心深く熱心に教会へいき、子どもにとっては働き者のおとうさんだ。ほかの多くの、本当に多くの男たちのように浮気をしたこともなければ、よその女性にちらとでも興味を見せたことすらない。結婚して十七年になるが、アーネスティンはただの一度も、家族を残して北部の家を出てきたことを後悔したことはない。木々の眠る湖のそばにある家だ。国がダムを作ったとき、湖のまわりの木々は水に沈んだのだった。彼女の弟たちはお小遣い稼ぎのために、よく水に潜っては、沈んだ森の木々に絡まった網を拾ってきた。アーネスティンは、陽を浴びて水面を輝かせる湖や、湖の向こうに沈む夕日や、木の幹のあいだを泳ぐ魚をよく夢に見た。けれど彼女は子どものころに戻りたいと思ったことはない。今では彼女も子どもを持つ母親だ。その子どもたちを学校に通わせるために、自分自身よりいい人生を手に入れさせるために、くたくたになるまで働かなければならなかったけれど、それでも彼女は子どもたちを愛し、愛されていたし、夫は賞賛に値するいい人だった。

――と、彼女は信じていた。

事件が起きる前の晩――水曜日の夜だ――グレースはずいぶん遅くに帰ってきた。十六歳のグレースは、勉強好きな長女だ。母親に似て背が高く、がっしりしていて、四角いあごをして、めがねの向こうからじっと見つめる、そういう女の子である。彼女は一生懸命勉強し、学校が終わると、道ばたで揚げ魚を売る屋台の明かりを借りて、宿題をやる。お客たちは、その店を営む彼女のおばと立ち話に興じるが、うわさ話にまったく興味もないグレースは顔を上げることもなかった。彼女は試験に受かって大学にいこうと、かたく決意していた。学校の女の子と忍び笑いをすることにも、男の子やくちべににしついておしゃべりすることにも、関心がなかった。そんなことより興味があるのは、もっと高尚なことだった。最近、「禁欲プログラム」のリーダーに選ばれたほどだ。プログラムのスローガンは「ノーと言おう」。グレースは学内のティーンエイジャーたちに、結婚前のセックスがいかに危険であるか、あまりにも早く親になることで、未来の可能性をどれだけ失うかを説明した。彼女は、「男子たちよ、女子をたいせつにしてあげて」という歌を教え、性的衝動をおさえるために、激しいスポーツをはじめたり、ためになる本を読んだりすることを勧めていた。

すべてにおいて、グレースはきちんとした女の子だった。アーネスティンは彼女をとうぜん誇りに思っていた。娘に気後れを感じることもあったし、複雑で乱暴な世のなかに出たら、そのかたい信念が崩されてしまうのではないかとおそれてもいた。そして、グレースといっしょに暮らすのはたやすいことではなかった。大きくなるにつれて短気になった娘は、ちいさな妹や弟たちまでもふくめて、自分の家族が罪深い人たちの集まりであるかのように思っているふしがあった。

その日の夜、グレースはいつにもましていらいらしていて、サッカーのユニフォームを洗い忘れた祖母を怒鳴りつけた。次の日、アセウェヤ高校との試合があったのだ。帰りが遅かった理由をいっさい説明せず、グレースは妹と共用の寝室に消えた。節電対策で村は二時間停電し、そのせいで宿題ができず、不機嫌なのだろうとアーネスティンは想像した。アーネスティンはあれこれ口出しするタイプの母親ではなかったけれど、大勢で暮らしているとどうしても口論がたえなかった。とくに女の子たち。男の子はただとっくみあいのけんかをする。

ともかく、八人もの家族を食べさせていくのは並大抵のことではなかった。それでも神さまのおかげで、みんな健康でいられたし、心配ごとはあっても感謝すべきことのほうが多かった。アーネスティンのお客の大半は、女手ひとつで、無我夢中で子どもたちを育てていた。夫は、遠くに出稼ぎにいっているか、亡くなっているか、ほかの女とどこかへいってしまっているかのどれかだった。信じられないことに、十七歳の女の子を新しい妻に迎えた、四十三歳の男もいる。彼は子どもたちを見捨てて、ナイジェリアに引っ越していった。

クウェシ氏を夫に持つアーネスティンがめぐまれているのはたしかなのだった。

翌日の木曜日は、アセウェヤの町で市がたつ日だった。クウェシ氏は毎週、畑でとれたプランテーンとパイナップルを売りにアセウェヤまでいく。その日、アーネスティンは卸業者から仕入れ品を買うために、クウェシ氏といっしょに町までいくことになった。

市のたつ日は、農作物の袋を積み込んだバスやトラック、トロトロと呼ばれるミニバスでごった返す。強い日射しの下、ポテトチップスやバナナや聖書、揚げ菓子や炭酸飲料や、アーセナルのティーシャツを売ろうと、物売りたちが二人を取り囲んだ。アーネスティンは、隣の家の幼い息子、ムスタファがいるのに気がついた。水入りポリ袋でいっぱいのボウルを頭にのせ、その重みで頭を低くして、差し出される手に袋を渡す彼は、排気ガスにむせていた。ムスタファはぜんそく持ちだったけれど、夫を亡くした彼の母親は、息子に薬を買ってあげることも、息子を学校にいかせることもできなかった。アーネスティンは六歳の男の子を気の毒に思い、同時にまた、自分の子どもたちがアルファベットを知っていて、面倒をみてくれる父親がいて、教会では父親と並んで賛美歌を歌っていることを、ありがたいと思うのだった。

クウェシ氏は、携帯電話を充電する屋台に携帯をあずけ、市場の人ごみにまぎれた。毎週、その屋台でクウェシ氏は携帯電話を充電し、午後、充電済みの電話を受け取って家に帰るのだ。ずらりと並んだ携帯電話のうしろに、この屋台を営むヌゴボが座っている。アーネスティンは、その位置からヌゴボが離れたのを見たことがない。彼は何ごとも見逃さないような鋭い目つきをしていて、そんな彼の何かがアーネスティンを落ち着かない気分にさせた。道の反対側にある「ゴッド・イズ・グッド化粧品」に向かうときも、アーネスティンは彼の視線を感じていた。

アーネスティンはその化粧品店を営むリリーを訪ねるのがたのしみだった。天井で扇風機がまわっている店の奥の部屋に座り、ファンタを飲みながらうわさ話をする。リリーは、だれの夫がだれの妻と駆け落ちしただの、だれの娘が妊娠しただのと、仕込んだばかりのうわさ話を披露してくれる。その日リリーが話したのは、だまされて成人儀式「ディポ」を受けさせられそうになった二人の女の子のことだった。二人はなんとかトロトロに飛び乗り、乗客のなかに隠れて逃げきることができたらしい。話すうち、リリーの目は大きく見開かれ、呼吸は速くなった。アーネスティンはすっかりひきこまれて聞いた。自分の暮らす眠るような村とは比べようもないほど大きな事件が都会では起きるのだ。今いる場所と、そう離れていないところで、そんなことが起きたとは信じがたかった。

そして、アーネスティンの事件はこんなふうに起こった。一日が終わろうとして、市場のそこここで店じまいがはじまってもクウェシ氏はまだいそがしく、アーネスティンがかわりに携帯電話を受け取りにいった。ヌゴボはそれを渡す前に、ちょっとためらった。「奥さんに話があるんだ」としわがれた声で彼は言った。彼の吐く息は酒くさかった。「あんまりいい話じゃない、でも言わなくちゃいけないと思うんだ」彼は手にした携帯電話をじっと見つめた。「知ってのとおり、おれはずっとここに座ってる。ここに座って、世のなかの動きをじっと見てる。そうするといろんなことが見えてくる」彼はその先を言いよどみ、深く息をついた。「あんたの旦那と、ある女のことなんだ」

そう言ってヌゴボはアーネスティンを上目遣いに見、反応を待った。アーネスティンは何も言わなかった。

彼は携帯電話を彼女に手渡しながら言った。「充電がすんだこの電話が、今度またビーッて鳴ったら、メッセージを受け取ったってことなんだよ」ヌゴボはあわれむような顔でアーネスティンを見、「あんたのことが気になってね」と付け足した。

「どういう意味?」アーネスティンは声をひそめて訊いた。

「どういう意味かって? つまりさ、さっきおれはボタンを押して、メッセージを聞いてしまったんだよ」

アーネスティンは混んだバスで、身動きとれずに夫の隣に座っていた。彼女は何もしゃべらなかった。呼吸してもしていないみたいに感じられた。クウェシ氏もまた何もしゃべらなかったが、そもそも無口な男だった。けれど、真実を知ってしまったアーネスティンにとって、今日の夫の沈黙は、罪の意識によるものにも思えた。あまりの混雑で、押しつけられる夫の骨張った肩や腰が、今は異星人の体みたいに、ほかのだれかの体みたいに感じられた。

アーネスティンはショックのあまり、うまくものごとが考えられなかった。いくどもいくども、おなじ疑問が浮かぶ。なんでそんなことができるの？　どのくらい続いているの？　しょっちゅうそんなことをしていたの？　どうしてわたしを、子どもたちを裏切ることができるの？　どうして？

アドウォアというその女を、アーネスティンはよく知っていた。実際、アドウォア・シャイブ・アリは、彼女の得意客のひとりだった。村はずれに住む彼女は、ゆたかな胸をしたうつくしい女で、読み書きのできない子どもたちを持つ怠惰な母親でもあった。彼女は娘たちを家に置き、自分が定期的に産み落とす赤ん坊の面倒をみさせ、自分ではなまけてけっしてやらない家事をやらせている。彼女の痩せた年長の夫は、彼女がなじみきった生活――新しい化粧品、新しい服、髪を編んでもらうための月に一度のアセウェヤ通い――を続けられるように、文句を言うこともなく働いている。村には、美容院にいく余裕のある女はめったにいなくて、みな、布で髪をくるんでいる。けれどアドウォアはつややかなボブヘアに、アーネスティンがあたらしく仕入れた髪留めをつぎつぎと飾っていた。アドウォアは一日の大半を、近所の女たちとぺちゃくちゃしゃべり、雑誌をめくって過ごしていた。それらをやめるのは、子どもたちをぶつときと、携帯電話でメールをうつときだけだ。アドウォアはしょっちゅう携帯電話をいじっていた。

アーネスティンが家にたどり着くころには、日は沈みかけていた。ふだんならいちばん好きな時間だった。果物の房みたいに枝からぶらさがっていたこうもりたちが、群れを離れて一羽、また一羽と飛び立ち、夕暮れの空を埋め尽くす。今日、こうもりたちは、革の羽と鋭いちいさな歯を持った、不吉な生きものに見えた。

今や何もかもがかわってしまった。子どものころ見ていたあの湖の、おだやかな水面にとびこんで、奇妙でおそろしい世界に入りこんでしまったかのようだった。その世界は、今まで彼女がおろかにも当たり前だと信じていた現実を、ゆがめて映し出している。

夕暮れどきでも息苦しいほど蒸し暑い。クウェシ氏を見ると、彼はボウルに入れた水で体を洗っていた。上半身裸になり、髪から雫を滴らせている。彼はけっして男前ではなかった。鼻は大きすぎたし、耳は尖っている。けれど彼は自分の男だった。人生の半分も、彼は夫だったし彼女は妻だった。彼のわきでは、何もうたがっていないグレースが、火にかけた鍋のなかのバンクー（訳注：発酵させたトウモロコシ粉とキャッサバ粉をすり混ぜたもの）を練っていた。彼女はひどく純粋で、無邪気に見えた。クウェシ氏の母親はタマネギを刻んでいる。老いて体の弱くなった母親は、息子を溺愛していた。この家族に、いったい何が起きているというのだろう。つい数時間前までは、これ以上なく満ち足りていたはずの、この家族に。

夜になった。もともとおしゃべりではなかったから、アーネスティンがあまり話さないことにだれも気づかなかった。彼女はぼんやりと家のなかを歩きまわった。家族の声は遠くのほうからにじんで聞こえた。怒るよりも傷ついていた。不倫をくり返す夫を持った妻をずっとあわれんできたのに、自分の夫もそんな男たちとかわらないと知った今、とんでもなく馬鹿にされたように思えた。どうして何も見えていなかったんだろう！　ベッドで、夫の隣に身じろぎせずに横たわり、彼が胸に手を置いたとき、疲れているとちいさくつぶやき、彼女は夫に背を向けた。彼はすぐに眠ったけれど、せわしなくあれこれと考えが浮かんで、アーネスティンは何時間も眠ることができず、ただ横たわっていた。どうすればいいんだろう――夫に、アドウォアとのことをぜんぶ知っていると言うべきだろうか？この家から彼をたたき出す？　けれどそんなことをしたらどうなるのかを考えると、血の気が引くようだった。彼女のわきでは、いちばん下の双子の息子が寝ていた。もし父親がいなくなったら、この子たちはどうなる？　グレースは？　こんなにも純粋で、まっすぐで、ふくらみはじめたつぼみのような少女が、父親のしていることを知ったら、いったいどうなるのだろう？

次の日、アーネスティンは月に一度定期的に行われている女性のための「貯蓄グループ」の会合に出かけた。いつもはこの会合をたのしみにしていた。十二人の女性たちが、おたがいの信頼に基づいて、それぞれの経済事情のなかで、共有できる資金をためている。その会合は情報交換の場所でもあった。そこで毎月貯蓄をし、それを元手に商売をはじめたアーネスティンは、尊敬できるメンバーのひとりとして倉庫の鍵を預けてもらっていることを、誇りに思っていた。けれど今日、アーネスティンはおそろしくてたまらなかった。木の下に輪を描いて座るメンバーひとりひとりの顔を彼女は見まわした。だれか、知っているんじゃないだろうか。村じゅうの人が知っているんじゃないだろうか。私のうしろで、ひそひそ話しているんじゃないだろうか。私も、水を売っていたおさないムスタファの母親、デデのようになるのだろうか。夫を亡くし、ひと月にたった一セディしか出資できないほどまずしい暮らしをし、恥をしのんでほかの女たちから援助してもらわなければならない、彼女のようになるのだろうか。

アドウォアはそのグループに属してはいない。彼女は貯蓄とも女性の権利獲得とも無縁だった。彼女は夫を働かせ、家にでんと座り込み、アーネスティンの夫にせっせとメールを送っていればいいのだから。

アドウォアは今何をしているだろうかとアーネスティンは考えた。クウェシ氏との密会にそなえておしゃれをしているのだろうか。先週アーネスティンから買った「イマム」のシアバター石鹸で肌を磨き、キスするときのことを考えて、くちびるに「ヤナ」のリップグロスをぬっているのではないだろうか。そんなことを考えていると気分が悪くなった。クウェシ氏の畑は、アドウォアの家からさほど離れていない。キャッサバの草むらに隠れて、二人はそこでこっそり会っているのだろうか。アドウォアのメッセージをアーネスティンは聞いたわけではなかった。奥さんが赤面しないように削除したとヌゴボは言ったが、つまるところその内容は、会いたくてたまらない、待ちきれないというアドウォアからクウェシ氏にあてたものだったのだろう。私のクウェシに。

「いいかしら？」

アーネスティンはその声に飛び上がって驚いた。鍵を持つほかの二人が待っていた。我に返ったアーネスティンは、彼女たちとともに南京錠をあけた。全員で歌をうたいながらブリキの箱のまわりに集まり、仕事にとりかかる。夫をエイズで亡くしたデデは、トウモロコシ畑にする土地を買うために貯蓄をしていた。フムは食べもの屋台で稼いだお金で学校に通おうとしていた。リディアはビスケット屋さんの開店準備中だ。アーネスティンは目の前の光景にじっと目を凝らした。木々のまだらな影、地面を引っ掻く鶏、甘い菓子やチップスを売るため、女たちにまとわりつく子どもたち。彼女の秘密は心を重くし、だれかに打ち明けたいという強い衝動にかられた。

突然笑い声がわきあがった。ナンシーとアイリーンがともに座って冗談を言い合っていた。二人はひとりの夫、ジョゼフをも分け合っている。二年前、ジョゼフが若いアイリーンを第二夫人にしたときには、たいへんな騒ぎになったが、女性救済グループがあいだに入ってなんとかおさめた。前までは、ナンシーとアイリーンは二人してキャッサバを売って細々と暮らしていた。キャッサバを難儀して手でたたき割り、お金を払って男を雇い、それを粉にしてもらっていた。けれど救済グループの錫の金庫の援助を受けて、粉引き機を共同購入し、今では、マシンが粉を挽いているあいだ、ジェゼフの欠点を冗談まじりに言い合っては笑っている。ほかの女と夫を共有するなんて、アーネスティンには考えられないことだった。

考えるだけで気分が悪くなる。そんなことになるくらいなら、死んだほうがましだった。のちに家に帰った彼女は、鏡をじっとのぞきこんだ。向こうからもじっと彼女を見ている。素顔の、四角いあごの顔の女。彼女は一度も化粧をしたことがなかった。クウェシ氏に戻ってきてもらうために、売り物の化粧品を使うべきなのかもしれない。眉を抜いて、「ディンプルス」のスキンライトナーで肌の色を明るくすればいい。ジャスミンの香水をふりかけて「コートダジュール」のメイクキットを使って、頬紅をはたきアイシャドーをし、くちべにをぬればいい。そうすれば、きっと夫の心を取り戻すことができる。

あるいは、魔女のギティを訪ねるのはどうだろう。だれもがギティをおそれている。モスクの裏にひとり住んでいる彼女は、邪悪な目をしていることで有名だった。先週、頭のない鶏が彼女の家の玄関先で見つかった。ギティならば、アーネスティンが売る化粧クリームにのろいをかけてくれるかもしれない。アドウォアがそれをぬれば肌はたちまち煮えたぎってただれ、クウェシ氏はおそろしくなって逃げ出すだろう。

いったいほかに何ができる？　教会へいって祈る？　アドウォアの家にのりこんで、夫と別れろと詰め寄る？　クウェシ氏と徹底的に話し合う？

それとも、何もしないで、このままほとぼりがさめていくことを願っているべきだろうか。

アーネスティンは臆病だった。結局何もできなかった。太陽は木々の向こうに隠れていく。こうもりは群れを離れて空を覆う。アーネスティンは床をはき、義理の母親の髪を洗い、けんかをはじめる息子たちを引き離した。学校に通う子どもたちが帰ってきて、彼女は炊き込みごはんと唐辛子のソースを作る。夫も畑から帰ってきて、棚の上のいつもの場所に携帯電話を置いた。グレースも本を小脇に抱えて帰ってきた。ただいまの一言もない。アーネスティンは、グレースが自分とクウェシ氏を奇妙な顔つきで見たことに気づいた。何かが起きていることに気づいたのだろうか。

*

そうして数日が過ぎた。アーネスティンは相変わらず商品を売って歩いたが、アドウォアの家は避けた。彼女の姿を見るのには耐えられなかった。水曜日、女子サッカーの試合があり、観客たちのあいだでアーネスティンの商品は飛ぶように売れた。グレースは具合が悪いと言って試合には出なかった。グレースの姿はみあたらず、アーネスティンが帰っても家にもいなかった。生理中なのだろうと片付けて、アーネスティンは深く考えなかった。考えるべきことはほかにもたくさんあったのだ。

次の朝早く、商品を補充するために、夫とともにアーネスティンはアセウェヤにいくことにした。このまえいったのが一週間前だとはとても信じられなかった。

日がのぼりはじめるころ、二人はバスに乗りこんだ。バスが走り出すと同時に、だれかが大声で叫んだ。

「待って！」

アーネスティンは窓の外を見やった。そこには、片手でぴったりした丈の長いスカートを持ち上げ、バスを止めようともう片方の手をふりながら、よたよたと近づいてくるアドウォアの姿があった。

アドウォアは二人の後ろの座席に身を押し込むようにして座る。彼女は、オレンジと緑のバティック布で仕立てた衣類を着て、アーネスティンから買ったくちなしをかたどった髪留めをし、慣れない運動をしたせいで汗をかいていた。

アーネスティンは凍りついた。淫売女はクウェシ氏に向かって、知らない人にそうするように礼儀正しく挨拶をし、おなじようにバスに乗っている村の人たちにも会釈をした。彼女のマスカラはにじんでいて、息が上がっていた。

彼女はアーネスティンのほうに身を乗り出して、声を落として言った。「ねえ、私、兄にものすごく腹をたててるの。言ってやりたいことがあるのよ、あの飲むしかとりえがない酔っぱらいに」

アーネスティンはふりむいた。ふりむきざま、夫をちらりと見たが、バスに揺られてうとうとしているようだった。もちろん狸寝入りに決まっているけれど。

アドウォアは早口でしゃべり続ける。遺言か何かでもめごとがあったらしい。「……兄には土地が残されたのに、たがやすこともしないのよ、あのどうしようもないできそこない！」

その声ははるか彼方から聞こえてくるようだった。アーネスティンは混乱していた。これはもしや、夫と彼女のあいだでこっそり取り決めた逢い引きなの？　だって、二週間も続けて私がアセウェヤにいくことなど滅多にないのだから。この裏で相通じている二人は、ずる賢くゲームをすすめているに違いない。クウェシ氏は寝たふりを決め込み、その愛人は酔っぱらいのできそこないについてわけのわからない話をして、私の注意をそらしている。

バスが町に着くと、アドウォアはずんずん前へと進んだ。アーネスティンは彼女の派手に着飾った大きな体が、乗客をかき分けて進んでいくのを見送った。バスを降りたアドウォアが向かったのは、携帯電話を充電する屋台だった。

アドウォアは店先に立ち、ヌゴボに向かってわめいている。携帯電話に囲まれ、その場から動いたことのない男に向かって。どうやらその男は、偶然にもアドウォアの兄だったらしい。

*

ヌゴボの足が生まれつき不自由だったのは、神さまの思し召しだったと人々は言った。先祖の呪いだと言い、ただ運が悪かっただけだと言った。ヌゴボに親切にしてくれる人もいれば意地悪をする人もいた。けれどおおかたの人は無視した。子どものころのヌゴボは、アセウェヤのはずれの四つ辻で物乞いをしていた。そこはアクラと北の地方を結ぶ中間にあり、車も人も行き来がたえなかったから。毎日きょうだいのだれかが、彼を中央分離帯まで押しやってきて、信号のところに置いていった。彼は萎えた両脚を折り畳むようにして、手押し車に座っていた。体の不自由な物乞いにとって、そこはいちばんいい場所だったから、いつもその場所を巡ってけんかが起きた。

けれどいちばん最悪な敵は、妹のアドウォアだった。

子どものころアドウォアはヌゴボをとことんいじめ、からかった。甘いお菓子を取り上げて、その頑丈な脚で逃げた。ほかの女の子たちの前で彼をあざ笑った。雨のなか、ヌゴボののった手押し車を置き去りにして、ボーイフレンドと森に消えた。彼のお金を取り上げて、取り返してみろとあざけった。そして今、父親が、その遺言で彼のために残すと告げたキャッサバの土地を、奪い取ろうとしているのだった。

体が不自由な人は、生き抜くためにその不自由を補う何かを手に入れなくてはならない。ヌゴボの場合は、長年かけてずる賢さを手に入れた。もちろん彼はすべてをはげしく憎んでいた。憎まずにいるなんて無理な話だ。けれど彼は賢かった。毎日、自分の屋台から、通りを行き来する人々を彼はじっと見ていた。それぞれ忙しく過ごし、子どもに恵まれ、あちらへこちらへといきたい場所へいき、踊り、セックスし、生活する、それが当然だと思っている人たち。

ヌゴボが持っているのは携帯電話だけである。棚にずらりと並び、コンセントにつながれ、静かに充電されている携帯電話。そのなかにだけ、彼が持てる力があった。積もり積もった恨みに折り合いをつける力が。彼を苦しめてきた数々の仕打ちに報いることのできる力が。その力を持ってすれば、だれかを困らせてやることができた。

*

ヌゴボがじつは嘘をついていて、夫の携帯電話にはメッセージなど残されておらず、ただ彼は妹に復讐をしたかっただけ――という真実を、アーネスティンはどのようにして知るに至ったか？　なぜ彼は、尊敬してしかるべき、働きものの、たがいを愛している夫婦を選んだのか？　彼らがヌゴボに何かしたとでもいうのか？

私がそれらの答えを知ることはもうないだろう。なぜなら、この話の続きを知る手だてが今はもうないからだ。もしかすると、ヌゴボはアーネスティンの、飾り気のない、また揺るぎないうつくしさに、惹かれたのかもしれない。彼女に恋をしていて、しあわせな結婚生活に嫉妬したのかもしれない。道路を隔てた化粧品問屋に通う彼女を見ているうちに、彼女を手に入れたいと思うようになったのかもしれない。真実はだれにもわからない。私はこの話を、ゴッド・イズ・グッド化粧品を営むリリーから聞いた。彼女は私のいとこで、ガーナに住む親戚を訪ねる旅の途中、私は彼女のところに立ち寄ったのだ。

私がリリーから聞いたのは、数日後の話までだった。数日後、ずっとおかしな態度をとっていた長女グレースが、彼女の母親をわきに呼び、赤ん坊ができたと告げた。赤ん坊の父親は、彼女のおばが営む揚げ魚の屋台によく立ち寄っていた、タクシーの運転手だと言う。その男は結婚することを誓ったのに、二度と姿を見せなくなった。気の毒にも、あんなに厳格でしっかりしていたグレースは、人に説いていたその信念を実践することができなかったのだ。

アクラに着いたとき、私はノボテルに滞在した。案内された二階の部屋の窓から、プールと、日光浴する人たちと、ブーゲンビリアのあいだをぬって飲み物を運ぶウエイターが見えた。庭は高い塀で囲まれていた。

内陸部から戻ったときは、六階に案内された。窓からは、塀の向こうが見渡せた。そこに広がっているのは、前回とは異なるアフリカだった。見渡すかぎりがマコラ市場だ——うねるような人の群れ、野菜、山羊。部屋は冷房が効いていて、窓はしっかりと閉まっていたけれど、人々の話す声と、音楽が聞こえるかのようだった。排気ガスと揚げ物のにおいが漂うかのようだった。

私は何時間もその光景を見ていた。やがて日が傾き、つばめが空から舞い降りてきた。そしてなにごともなかったかのように夕暮れは終わった。夜になるとアフリカは暗闇のなかに、その知られざる生活のなかに溶けるように消えた。ホテルのスタッフが、電話でタクシーがきたことを告げた。空港に向かうタクシーだ。

光のはじける空港に入るとアフリカはあとかたもなく消えた。私に残されたものは、リリーがくれたシアバターだけで、私はそれを手にぬり込んだ。手からたちのぼるにおいに包まれて、イギリスまでの空路、私は眠り続けた。ガーナと、そこで聞いた話をあとに残して。

卵巣ルーレット

キャシー・レット

Ovarian Roulette

Kathy Lette

ブラジルはカトリックの国、それはつまり、性交しただけ人口が増えることを意味する。周期避妊法は使わないのかって？　周期避妊法を使う女がここでなんと呼ばれているか、知っている？「おかあちゃん」だ。

私はブラジルにいる。知っている。ワックス脱毛までは遠い道のりだ。実際、私は脱毛されていない陰部、といってもいいような場所にいる。ブラジル北部、マラニョン州、熱帯雨林の端っこ、ブラジル国内で最も貧しい人たちが暮らす地域だ。実際のところ、ブラジリアンワックスをするためにきたのではなくて（二度と言わないけれど、この文脈では一応言おう、「茂みの復活を」《ブリング・バック・ブッシュ》！）、こうした貧しい土地で暮らす若い女性たちの生活向上のため、プランがどういう活動をしているのか、視察にきたのである。

ある少女の話をしたい。けれど私が会ったすべての少女――マリアもジアニーニもロザーナもローリアナもアマンダもマーリーナもシンチアもメリッサもナタリーもテレーザもアナもジョアナも――みんなおなじ、かなしい物語を持っている。児童売春、十代の妊娠、HIV、無避妊、違法な闇堕胎、買春ツアー、シングルマザー、横暴な男、責任能力の欠如した男、父親の不在、家庭内暴力。

*

テレーザのケースは典型的だ。彼女は十五歳だが、すでに二人の女の子の母親だ。彼女の姉妹もそれぞれ十二歳と十四歳のときに妊娠した。問題は、妊娠してしまった、ということだ。あるいは、させられてしまった、ともいえる。避妊薬も避妊具も手に入れるすべはなく、妊娠しないだろうと信じているボーイフレンドはコンドームをつけるのを拒む。相手が処女の場合はとくに拒む。こんなの、卵巣ルーレットというゲームではないか。

妊娠検査はズルのできないテストだ――そしてこれから登場する十代の女の子たちは、毎回決まってこのテストに落ちる。このあたりの地域ではパートナーといえば胎盤を意味する。ほとんどの場合、出産時のみのパートナーだ。父親はUFO、つまり未確認物体。

ブラジルの男たちの責任感とは、裸で鉄条網に突進するような一時の熱狂に過ぎないらしい。彼らにとって「認知訴訟」はリオで流行っている最新男性ファッションだ。

私が訪ねた、サンルイスという町は、愛の島と呼ばれている。妊娠している十代と、エイズ患者が多いからだ。テレーザが住んでいるスラムは皮肉まじりに、シダージ・オリンピア、「オリンピック村」と呼ばれている。この地域で貧困にあえいで暮らす七万人の人々は、悲惨さを競うオリンピックの金メダルを目指している。通りの角という角で散乱したゴミが悪臭を放ち、水は出ないが未処理の汚水は大量にあふれ、老築化したビルは落書きだらけのこの地域は、一見したところ、さほど魅力的に見えないかもしれない。いや、二見したって三見したっておんなじだ。でも、私が会った女性たちは、それを補ってあまりあるほど魅力的だった。極度の貧困のなか、今にも倒れそうな家に暮らしていても、見捨てられた若い母親たちは、奥ゆかしい寛容さ、あたたかさで私を迎えてくれた。

テレーザは、母親と二人の子どもと暮らすちっぽけな小屋に私を招いてくれた。泥れんが造りのその家は、今にも倒れそうなほど傾いていた。壁にあいた穴には、雨と風が入らないよう、ポリ袋が押し込んであった。イワシだって窮屈だと思うような家だ。それでも、ちいさな部屋に十文字にかけたひもに、きれいに洗った洗濯物が干してあった。十八カ月と三歳の女の子たちは、髪をきちんと編んでもらい、洗いたてのワンピースを着ていた。私は彼女に、学校に戻りたいかと訊いた。「もちろん戻りたい」彼女は答え、がっかりした様子で続けた。「でも、ここにはこの子たちの面倒をみてくれる人はいないもの」最初の望まぬ妊娠をしたときに、彼女は学校を辞めざるをえなかった。

ぎいっと音をたててドアが開き、思いがけず、テレーザの母親が足を引きずって仕事から帰ってきた。ありとあらゆるつらい体験をしてきたといっても過言ではない母親は、八十歳にも見えるが、実際は四十歳である。テレーザは、母親もまた十二歳で妊娠したことを、恥ずかしそうに打ち明けた。三人の娘が、自分とおなじくこんなに若くして母親になったことを、受け入れがたかったのではないかと、私はテレーザの母親に訊いた。

「もちろんよ。娘たちが妊娠していると知って、私はかなしんだわ。でもしかたないわ……娘たちの父親は、手本になるような人じゃなかったもの」かなしみに顔をゆがませた彼女は、ベッドに座る私の隣に腰を下ろし、スプリングがきしんだ。「家で大酒飲んで、麻薬もやって。上の二人の娘は反抗的で、私がそんな男と暮らしていることに怒ってた。認めたくなかったのね」母親はいらいらと指を折ったりのばしたりした。まるでピアノ協奏曲をこれから弾こうとでもするように。「私の母親も、十六のときには三人の子どもがいたわ。みんなおなかをすかせていた。十歳だった私はいちばん上だったから、赤ん坊にミルクをあげるため、家族を食べさせるために売春をはじめたの。盗みはしたくなかった。売春するほうがまだましだった」挑むように言う彼女の首の血管は、まるでケーブルみたいに浮き出ている。

「自分のしていることを忘れたくて、麻薬をやるようになった。十三歳だった私のボーイフレンドも麻薬をやっていた。彼はそのうち麻薬中毒になって、十五歳のときには私のヒモだったわ。よく叩かれたものよ」彼女の顔は怒りで赤くなる。「私は生まれたときからずっと家庭内暴力を受けてきたのよ」彼女の疲れきった顔をなぞるように、涙がつたう。「今までに受けたいちばんの辱めは、同時に三人の男の相手をさせられたこと」彼女は顔をくしゃくしゃにした。彼女が忘れようとしている乱れたベッドのように。

私の質問が彼女を泣かせてしまったことに動揺し、何かべつの話をしようと、私は自分を卑下するようなことを言った。こんなどうしようもない外交手段しかできないようじゃ、人質交渉からキャリアをつみなおすべきだわね……けれどテレーザの母親は私の謝罪を片手で振り払い、最後まで語りつくすかのように、続けた。「今年、私はイエスさまを信じるようになって、売春ともヒモとも離れる決意がようやくできた」そう打ち明ける声は、感情の波とともに高くなったり低くなったりした。彼女は私にこう言った。「真実を悟れとイエスさまは言うの」（カトリック信者だったテレーズの母は、近年ブラジルで勢力を増しているペンテコステ派に改宗したのだ）

そして、娘たちが荒れた暮らしをしているのは自分のせいだと言って彼女はまた泣きはじめた。「家にいたら、酒と暴力があるだけだもの、外に出てすさんでいくのも無理はないわ」彼女のひび割れた手に涙がぽとりと落ちる。

テレーザは思いがけない母親の告白に、戸惑いと、恥ずかしさを同時に感じたらしく、うるさく泣く赤ん坊の口にほ乳瓶を押しこみ、足下に目を落とした。なぜ娘に避妊について教えなかったのか、私は母親に少し突っ込んで訊いた。皮肉なことに、カトリックの教えに沿って育てられた母親は、売春婦として働きながらも、そのような罪深いことをとても口にできなかったのだと言った。三人の娘に彼女が教えたのはただひとつ、「男の子とつきあうな」ということだけ。今はそのことを、深く悔やんでいると彼女は言った。「そういうことを口に出すのはただ恥ずかしかったのよ」

暗い告白のあとで母親は、今はプランの運営する学校で、掃除婦として働いているのだが、そこにもお金のために男と寝ている十二、三歳の女の子がいると付け足した。テレーザの母親もまた、母親を助けるために少女売春をし、その母親も少女売春をしていた。その母娘ともが十一歳で妊娠し、今度は彼女の三人の娘が、十代の早いうちに子を産むという、まるで生物学的な遺伝のように同じことをくりかえしている。これこそ悪循環――ずっとくりかえされる女の周期だ。問題は、どうやってそこから抜け出すか？　ということ。テレーザの母親は、扶養手当も社会保障も受けていない。彼女は三人の娘と孫たちを養うために、一日じゅう学校の床を磨いていなくちゃならない。両手に関節炎の節くれができようとも。この暗い部屋につるしたハンモックで彼女は眠る。娘たちはその下のちいさくて粗末なベッドに、赤ん坊を抱いて眠る。

ブラジルでは、児童買春ツアーが盛んだ（昨年はサンルイスだけでも千人の子どもが性的虐待を受けたと報告されている）。私の会った若い女の子たちの話によると、買春ツアー客を受け入れる特定のバーやガソリンスタンドがあるという。そこにいけば、買春に応じる子どもたちがいると観光客も知っている。プランのカウンセラーが言うには、政府はこの児童売春の悪循環を断ち切ろうとしてはいるが、対象となる子どもは年々低年齢化しているとのことだ。「かつては十二歳から十七歳までが対象でした。けれど今は八歳、九歳の子が犠牲になっています。幼い子ほど親が斡旋して、自分の家を使う場合が多いのです。二週間前には……」彼女は沈んだ口調で続けた。「父親と祖父が、家族のなかでいちばん幼い子と性交渉を持ち、そのあとで彼女を売り飛ばして、有罪宣告を受けました。たった四歳の子ですよ。ちいさな子は破かれた膣を縫いなおしてもらわなければなりません。異物を挿入されることもあります。毎日そんなケースを見ていますが、けっして慣れることができません」

すさんで荒れたどの小屋にも、卵巣がその人生を作っているといって過言ではない若い女性たちがいた。避妊することもできず、中絶も許されない、繁殖牛にさせられた彼女たちは、学校をやめさせられ、かといって働くこともできない。まるで、地域社会から立ち退きを命じられたかのようだ。彼女たちは人類《ヒューマン・レース》において二番手に甘んじるしかない。シンチアと彼女の姉は、自分たちの四人の赤ん坊と、母親といっしょにあばら屋で暮らしている。この母親もまた関節炎で手が不自由だが、子どもや孫を助けるためにメイドをしている。といっても、賃金は女主人の気分次第だ。失業率は高く、労働組合も基本賃金もないのだから、この不安定な状況をやむなく受け入れて、女主人が紙くずみたいに投げてよこす紙幣を手にするしか、選択肢がない。

シンシアは十四歳で赤ん坊を早産した。「私、婦人警官になりたかったの」うっとりと彼女は言った。三人の子どもを持つ、十八歳になる彼女の姉は、今も赤ん坊を身ごもっているが、教師になりたかったそうだ。それぞれの夢をかなえるかわりに、彼女たちは今、子どもたちの世話をしながら、家で母親の手伝いをしている。「おかあさんは最初は怒ったけれど、今では私たちのことも、孫たちのことも愛してくれているわ」

けれど、母親の世話を未だ切実に必要としている彼女たちが、なぜ母親になれるだろうか。

彼女たちのあばら屋がいくら片付けられこぎれいにしてあっても、汚水処理のタンクを買うお金などない。トイレは、不安定な二枚の板をかぶせたただの穴で、ちいさな子どもならかんたんに落ちてしまう。姉妹は裏庭に穴を掘ったけれど、タンクを買うお金はなかった。不衛生だろうがなんだろうが、彼女たちはその穴にゴミを——おむつを、食べ残しを、排泄物を、捨て、日射しがそれを腐らせていく。雨が降り続いたので、不潔な穴は水があふれ、泥まみれのおむつがぷかぷか浮く、現実とは思えない池になっている。子どもたちはみな全身発疹やかぶれやら、触るのをためらうくらい皮膚の病気になっている。

正直に言えば、触りたくはない。いずれにしても、この猫の額のような庭にできた、牧歌的といえなくもない腐った池をなんとかしなくてはならないことに、疑問の余地はない。

次に私が訪ねたのは、今にも崩れ落ちそうな、ジアナの住む家だった。彼女は十代の子どもを三人持つ、三十歳の女性だ。この家族は排泄するのにバケツを使っている。母親はその排泄物をポリ袋でくるみ、週に一度やってくるゴミ収集車まで運ぶ。念のために言うけれど、ここは熱帯地方だ。彼女はもう何年も何年も何年も、毎週毎週くりかえしている。なんと痛ましいことだろう。これぞまさしく「おお、なつかしの排泄物よ」（訳注：英国の戯曲家サラ・ケインの一九九五年の処女作『Blasted』に対するガーディアン紙による批評の一節）の実例だ。

ジアナの十三歳の娘は、親指をしゃぶって部屋の隅にじっと座っていた。彼女の脚はいたるところ虫刺されのあとがあり、変色していた。彼女は妊娠四カ月目だという。「私は母親としてできることをやっているわ」肩をすくめてジアナは言った。「だけどこの地域の女の子は十二歳で性生活をはじめるのよ」

ジアナの娘は、ボーイフレンドに離れていってほしくないから、女の子たちはセックスを受け入れるのだとたどたどしい口調で言った。自尊心は驚くほど低く、だれからも相手にしてもらえなくて孤立するのがこわいのだと言う。そうした、偏った男性優位社会は、若い男たちの欲望を、種をばらまかせるがごとく野放しにするが、女の子たちは、両親の許可がなければピルをのむこともできない。三個入りのコンドームを買う五十セントを持っている子などほとんどいない。多くの女の子が、違法の堕胎でいのちを落としている。森の薬草で作ったペッサリーや薬で流産を試みる女の子たちもいる。妊娠した女の子たちのあいだで最近流行っているのは、潰瘍の治療薬を四個のんで、四個膣に挿入すれば、流産するというものだ。「その後は子どもができない体になるの」ジアナはなんでもないことのように言った。

都会のスラムよりひどい状況なのは、熱帯雨林の端にある貧困地域だ。ファ・ジ・ポブリエザ、まさに貧困通りと名づけられた通り沿いには、崩れかかった泥壁の家がひしめいている。どの家も衛生設備などあるはずもなく、五カ月の雨期をしのぐため、薄いプラスチックの板が屋根として置いてあるだけだ。半分崩れて雨風にさらされている小屋は、巨漢パヴァロッティがどすんと腰を下ろしてつぶしたかのようだ。ここでは四千世帯が暮らしているが、トイレはひとつもない。ここで眠るのは不可能に近い——なぜなら闇のなかにひそむ無数の危険な目がじっと見張っているから。

こんな悪条件にもかかわらず、ここで暮らす若い母親たちは一九五〇年代の主婦的なプライドを持って、彼女たちの小屋を見せてくれた。米を炊くためのちいさな石の炉、水をくむ井戸、椰子の葉を編んでこしらえた洗濯スペース、きれいに磨かれた土間を。

私はマリアという、美しく聡明な学生を訪ねてここにきた。彼女の母親は、ピラニアをご馳走するからお昼までここにいるように私に言った。奥歯をかみしめて私は決意した――食べられるより先に、食べてしまったほうがいい。それって「ファスト・フード」のあらたな定義ではないか。なんて革新的なダイエット法――ピラニアを食べて内蔵からダイエット！

マリアの母親は、マーサ・スチュワート（訳注：料理・手芸などの分野で活躍するアメリカの実業家）もびっくり、水をワインに、パンくずを魚にする奇跡のように、米と黒目豆とビートの根、トマト、ポテトと揚げ魚の昼食を作った。子どもたちはこの贅沢な大宴会に驚いて、目を見開いて母親を取り囲んだ。おなかをすかせた野良猫たちまで小屋に入りこんできて、ニャアニャア鳴きながら私たちの脚のあいだを優雅に歩きまわった。マリアの母親は、何日も食べられないときもあると打ち明けた。大人たちは、あちこち破けたりほつれたりしているシーツの上に、でこぼこのマットレスを敷き、赤ん坊たちは汚いベビーベッドで、子どもたちはベッドの上につられたハンモックで寝ている、と説明し、暮らしをよくするためにここに引っ越してきたのだと言った（サンルイスの町でこれよりひどい暮らしをしていたのか？　私は唖然とした）。

こんな貧困のなかにあって、女たちは威厳を失っていなかった。昼食が終わると、村の男たちを避けて、私は母親と姉とマリアのちいさなベッドに引っこんだ。男たちはうさんくさそうに小屋のまわりをうろついている。男たちはみんな似たような顔つきをしていた。犯罪や事故の、現場再現チームにいる男たちのような顔。なるべくなら怒らせたくない種類の人たちだ。

マリアは勉強がよくできた。自分の容姿に自信も持っている。ベッドには、二体の古びた人形が優雅に並べられていて、壁に打った釘にはプラスチックのバッグが誇らしげに飾られている。その横にはページを折った数冊の本。ベッドシーツには、光り輝くイエス・キリストの絵がらがあるけれど、その下のマットレスは重ねたれんがに薄い毛布を敷いただけのもの。もし卵巣の危機を乗り越えられたら、マリアは名をなすことができるかもしれない。もし乗り越えられなかったら、彼女はほかの多くの若い女といっしょに「行方不明者」担当局のリストにつらなることになるだろう。それでかなしむのはだれ？　出産前のこの女の子が、もしそうなったら。

男たちには聞こえないところで、私は母親に、マリアに何を望んでいるか、訊いた。

「赤ん坊を産ませたくない」彼女は強い口調で言った。そしてマリアの母親は、プランのワークショップの後から、ひそかにピルを飲みはじめていると私にささやいた。彼女の姉も、似たようなことをしているらしい。彼女たちはそのことを夫に言う勇気がない。彼女たちは、卵管結紮《けっさつ》の不妊手術を受けたいと願っている。なぜ男たちはパイプカットをしないのか、そのほうがずっとかんたんなのに、と私が訊くと、マリアの母親は肩をすくめた。

「夫にコンドームをつけさせるのも無理なのに、パイプカットなんてあり得ないわ」

さて、プランは、ブラジルのこの勇敢な女性たちを助けるために何をしているか。何をしていないかという質問のほうがいいかもしれない。教育、衛生、栄養、児童保護、識字のワークショップ、健康センターでの無料の避妊カウンセリング、放課後の演劇ワークショップ、子どもたちに通りをぶらつかせないために開くサッカー教室――プランは、地域社会に根づいて、人々から可能性を引き出し、暮らしを改善していけるよう、長期的な支援を行っている。学校が遠すぎてマリアとその友だちが通えないとわかったときには、プランは近くに学校を建てることもした。

その日一日の食事は学校給食だけという子どもも少なくない（学校は、午前七時から午後一時、午後一時から五時の二交換制）。二〇〇七年、ブラジル北東部で初等教育を修了した児童は、たった七九・二パーセントだった。ブラジルは、アメリカ大陸で六歳以下の児童がもっとも多い国である。

プランは、おさない子どもたちに読み書きを教える教師と、地域ボランティアを育成している。また、ブラジル政府と結束し、児童就労の根絶にとりくみ、雨期の土砂崩れで地域が被害を受けたときには、緊急避難所と食べものを提供している。過去二年では、プランは地域のコミュニティに、食物栽培ができるよう公用地の貸与を奨励している。ブラジル国内のこの地域では、子どもたちの主食は粉や片栗粉、水、牛乳で作るミンガウ、汁気の多い穀物の粥、糊状にしたデンプン粉など、栄養価の低いものだが、今現在は、豆類、野菜、スプーン一杯で子どもには充分なビタミンAを摂取できる、パセリのようなハーブ類も家庭栽培されている。

貧困地域には暴力があふれ、通りを歩くのも子どもにとって危険である。かといって家のなかでも、子どもと女性に対する家庭内暴力の件数も桁外れに高い。警察は腐敗しきっているので（ブラジルで警官を見たら逃げろと私はいろんな人に言われた）、地元の人々によって選ばれたプランのカウンセラーが、警察のかわりに避難所の斡旋や支援の申し出をおこなう権限を持っている。

プランのサポートがなければ、横暴なブラジルの男たちや、腐敗した警察組織、家父長制を説くカトリック教会と闘うのは、バターナイフでダースベイダーに挑むようなものだったろう。

妊娠がブラジルの女性たちを貧困に追い込む一方、彼女たちを死に追いやるのはあきらかにカトリック信仰だともいえる。生まれ落ちてすぐ、私たちは死への行進をはじめるわけだけれど、ブラジルではまちがいなく貧しさによってその速度が増す。ブラジルでは、一日に五歳以下の児童二百二十五人がいのちを落としている。都市部の民家三十一パーセントは基本的な衛生設備を持たず、その結果、年に五歳以下の児童二千五百人が糞尿による汚染水が原因でいのちを落としている。この二十年で、殺人事件の被害者となる若者の数は五倍に跳ね上がった。約五十人の若者が毎日殺されていることになる。二〇〇六年には、殺された十五歳から二十四歳の若者は一万七千三百十二人だ。

ローマ法王は禁欲せよと言う。もちろん、百パーセント安全なピルがあれば、それは妊娠にたいし「ノー」という意味にもなる。けれど児童売春やレイプには、そんなことは通用しない。妊娠中絶は違法とされているから、自分で堕胎を試みて出血した女性たちが病院にいくと、医師は警察に通報しなくてはならない。現在、百人の女性が、自分で堕胎をしたかどで告発され、公判を待っている。

九歳の女の子が継父にレイプされた事件が最近あった。その子は双子を妊娠している。ペルナンブーコ州の司教は、もし中絶させたら医師とその家族を破門すると宣言した。けれど、その赤ん坊が生まれた瞬間に、いのちの尊厳が消滅するのは明白なことだ。カトリック教会はその卵子に対してなんの義務もはたしてくれないのだから。中絶は違法だという教会の理念によってこの世に送り出された子どもたちを、彼らは守れずにいる。とりわけ、極貧に追い込まれた親が売春の斡旋をしている少女たち、放置状態で餓死に至った少女たちを、守れずにいる。

ブラジルは家父長制社会だ。女の子は六時に起きて、朝食の準備をする母親を手伝わなければならない。男の子たちは朝寝坊をしてもいい。学校から帰ると、男の子はサッカーをするが、女の子は家事を手伝わなければならない。国民の七十八パーセントが、家庭内暴力は罰されるようなことではないと信じている。私のブラジル滞在中、だれもが豚インフルエンザを警戒していたけれど、ブラジルの女たちはへいきで豚野郎とつきあっていた。豚野郎と結婚した女もいる。そして彼女たちは教会で告白するのだ。私たちはもう免疫ができてますよね？

それでもやっぱり、私の会ったブラジルの女性たちの精神は光を放っていた。不幸な境遇にありながら、彼女たちが見せるよろこびや楽観に、私の心はまるでアコーディオンのようにゆっくりとひらいた。ここで会った子どもたちの笑顔もまた輝いていて、ポラロイドカメラを持ってこなかったことが悔やまれた。スラムの少女たちと泳ぎにいったとき、彼女たちは私の地味なワンピース型水着と、ワックス脱毛していない陰部を見て、こらえきれずにくすくす笑った。ワックス処理をおこなうお金がなくても、女の子たちはきちんと脱毛処理をしているのだ（ブラジル人は森林伐採に取り憑かれている。このままでは熱帯雨林が残る望みはない！）。笑う彼女たちに、私は自分の陰毛を気に入っていると言い返した。下着のなかにちいさなペットを飼っているようなものでしょ、と。彼女たちは大爆笑し、容赦なく私をからかった。ワックス脱毛をしていない私でも、はつらつとしてうつくしいブラジルの女たちについてなら、口にワックスを塗ったみたいに、なめらかにいつまでもぺらぺら話し続けるだろう。

あるカンボジア人の歌

グオ・シャオルー

Ballad of a Cambodian Man

Xiaolu Guo

ひとりの老いた警官が、泥まじりの雨水が流れる市場に足を踏み入れた。腐ったドリアンの濃密なにおいが漂っている。かなしみとよろこびの入り交じった顔つきで、せわしない買い物客とぶつかりながら、彼は足早に歩いた。早く家に帰りたかった。一刻も早く腐ったオートバイを修理して、日が暮れる前に十五マイル離れた村にいかなければならなかった。

地元の人には老警官と呼ばれる彼、ダラは、実際にはそんなに年をとっていない。彼はまだ五十歳になったばかりだけれど、勤務する警察署ではいちばん年上だ。シェムリアップでは、いや、他のカンボジアの大きな町ではどこでも、署長にならないかぎり、年配の警察官はみな引退しているか、賄賂でも受けてあくせく働く必要がないか、どちらかだった。けれどダラは未だに現役で、人生の半分を、銃を携えてここ北カンボジアで牛きてきた。彼は金持ちでもなければ、とくべつ貧しいわけでもない。彼は無口で、いつもむっつりしているが、それでも話しかければそこそこ親切だということがわかる。じつは、ダラはある秘密を抱えていて、それが謎めいた威厳となっていた。彼はめったに自分の過去を語らなかった。若いときに彼は兵隊だったと言う人もいる。けれどそのがっしりした短躯には、戦争中に地雷で手足を失った人たちのような特徴はない。

今、老警官は何ごともなくシフト制の勤務を終えようとしていた。ところがその市場でマンゴー売りの男と、バイクタクシーの運転手が喧嘩をはじめ、ちょっとした騒動となった。未舗装の道に薄っぺらい布を敷き、そこに並べた売り物のマンゴーやパパイヤに、オートバイが突っ込んできて、果物はぐちゃぐちゃにつぶれて飛び散っていた。果物売りの女は五千リエル弁償しろと叫んでいるが、運転手は悪態をついている。悪態をつくのに飽きると彼はオートバイを引っ張り起こした。老警官は運転手をよく知っていた。何年か前、ヘロインの売買で二度逮捕したことがある。けれど真昼の炎天の下、だれかを助けたりだれかを逮捕したりしようという気になれなかった。彼は市場のそこここで交わされるとりとめもないおしゃべりや、下品なからかいの言葉を無視して、売り手と買い手のあいだを歩き、白く埃っぽい道路に出た。

ダラが家に着いたとき、妻のチンダは魚を揚げていた。夕べの残りのキャットフィッシュと、炊いた米だ。妻には声をかけずに裏庭に出て、老警官はバニヤンツリーの下に置いたベンチに座り、すりつぶした魚の骨とごはんをのみこんだ。二匹の飼い犬が出てきて、彼の食べているものを見上げ、おこぼれをじっと待っていたが、やがて退屈して二匹で追いかけっこをはじめた。太陽は焼けつくように照り、彼の汗ばんだ肌のまわりを蝿が飛びまわった。

食べ終えると彼は道ばたの店でガソリンを買い、古いヤマハを満タンにした。数日前から、この壊れかけたオートバイのエンジンがうまくかからず、スパークプラグの火花も飛ばない。十年近くこのヤマハに乗っているが、今では一週間に二度、この腐った乗り物を修理しなければならなかった。犬がごはんをとりあって喧嘩をしている横で、彼はスパークプラグを抜いてスパークホールを少量のガソリンで湿らせ、プラグをねじこみ、キックペダルを踏み込んだ。たちまち黒い煙が出て、オートバイに火がつきそうになった。エンジンはかかった。修理が必要なのはブレーキだけだが、彼はたいして気にしなかった。

ブレーキなどだれがかける？　ブレーキをかけたら短い午後のうちに十五マイル離れた村へはたどり着けない。必要なのはスピードだけだ。ダラは水をかけて顔をさっぱりさせると、オートバイに飛び乗った。

道が空くにつれて老警官のオートバイはジャングルのなかにあるクナ村を目指し、ぐんぐんとスピードをあげた。湖成平野に向けて南下しているため、オートバイのタイヤはじょじょに水に沈みこむ。モンスーンの雨が何週間も降り続き、午後の豪雨で森は水に浸かってしまった。今また陽が照って彼の肌を焼いている。そして彼は、行方知れずの娘のことを考え続けていた。いつもはあまり深く考えることなく、ダラはただ日を過ごしている。けれどときおりちいさな娘、ボパのことを思い出し、すると大粒の油っぽい涙が、彼の日に焼けた頬を静かにつたった。

ダラは孤児だった。子どものころから、頼りにする人も大切に思う人もいなかった。彼は、まるで薄っぺらい葉っぱのように世界を漂っていた。彼の妻が赤ん坊を産んだとき、やっとまともな人間になったように感じ、三回生まれ変わっても娘を愛そうと思った。けれど、ブッダとアンコールがぐるになって彼の人生にいたずらを仕掛けていた。ボパが四歳のある日のことだ。家に帰るダラのうしろをボパは歩いていた。田んぼを横切るとき、ダラは田植えをする農夫と短い言葉を交わし、ボパは白い水牛と戯れていた。ふと気づくと、娘の笑い声が聞こえない。ふりむくと、白い水牛はまだそこにいるが、草で遊ぶボパの姿がない。ダラは周辺の田んぼをくまなくさがした。日が暮れてきて、鳥肌がたった。彼は近くの村々もさがしたが、ボパは見つからなかった。ひとりで家に帰っていますように、だれかに連れ帰ってもらっていますようにと祈ったが、家には妻がいるだけだった。話を聞いてチンダは激しく泣き出した。夜、二人は、床板一枚と変わらない、ちいさなベッドに横たわり、待った。それから妻は起き上がり、ろうそくに火をつけて一晩じゅうブッダに祈りを捧げた。ダラは家を出て、また田んぼのあたりに戻った。周辺のジャングルを何日もさがしまわった。けれど娘の痕跡は何ひとつ見つからなかった。

十五年がたった。そのあいだに、老警官の妻は二度妊娠したが、どちらも死産だった。村の産婆は、チンダの子宮がちいさすぎて、赤ん坊は窒息してしまうのだと言った。シェムリアップの医者は、もう一度妊娠したらチンダのいのちも危ないと警告した。けれどもっとおそろしいことを近くの村の魔女から聞かされた。魔女によると、前世でダラに取り憑いた悪霊が、今ダラの家にいるというのだ。ダラがどこにいってもそれはつきまとっていると言う。前世で取り憑いた悪霊？　ダラはそれが何か訊かず、妻も訊かなかった。けれど魔女が帰ると妻は言った。「もしかしたらあの人が言ったのは、あなたが昔殺した人たちのことかもしれないわね」

それを聞き、老警官の頭が痛みはじめた。そして彼は、魔女がなんのことを言っていたのか理解した。魔女本人にはわからなかったとしても。クメール・ルージュの大虐殺がはじまったとき、彼は十八歳だった。七〇年代、彼は「新人民」で、ポル・ポト政権下の若い兵士だった。孤児だった彼は、教育も受けてなければ帰る家もなかったが、軍隊にいればごはんと眠る場所が与えられた。内戦が勃発すると、彼は北部の強制労働所で監視の任務に就いた。「ブラザーナンバーワン」、ポル・ポトその人に会ったことはなかったけれど、軍のリーダーの命令には忠実だった。彼は多くの敵を痛めつけ、多くの人を殺した。ほかの兵士たちとともに彼は死体を埋める大きな穴を掘った。

戦争が終わると、遠くの土地をさまよった。数か月間タイにいき、ガソリンを売る仕事をしたが、失敗に終わった。そこで彼は、回収したペットボトルに水道水を詰めて、市場で売りはじめた。カンボジアに戻ってからは、アンコール朝の寺院を訪れる観光客を案内するため、シクロに乗って日を過ごした。生きることは彼にとって、毎日の米代を稼ぐことと同義だった。そうしていれば、過去を振り向かずにすんだ。銃の扱いがうまく、正確に的を撃つことのできる彼は、地元の警察署で職を得た。三十年間孤独にひとりで暮らしてきた彼は、そろそろ身をかためたいと思うようになった。そして、トンレサップ湖の近くの村の女をめとった。チンダは村を出たことのない素朴な女性だった。彼らのしあわせな暮らしは、けれどきちんとはじまるまえに終わってしまった。彼らの娘の不在は、かなしみに姿をかえて家に居座り、子どもがもう産めないと知ったチンダは、ものも言わずふさぎがちになった。

月日が過ぎて、だれも老警官に過去について尋ねるものはいなくなった。一度か二度、妻は彼をじっと見つめて、三十年前に何があったのか訊いたことがあったけれど、結局彼女もあきらめた。話してなんになろう？　だれもが内戦時には苦しんだ。だれの心も何回も死んでいるのだ。彼の過去は、意味のない悪夢が続く、長い夜のようなものだった。その苦い記憶を語る気力は、彼にはなかった。生き延びること、ただそれだけに意味があった。

つい昨日のこと、警察署で、年老いた女が森でジャングル少女を見つけたとダラは聞いた。その少女は、人間の言葉を話すことができず、野獣のようにあばれているという。きっと少女は生まれてからずっとジャングルで暮らしていて、だから人間の言葉を理解できないのだと村の人たちは話しているらしい。次の瞬間、その少女の左腕に大きな紫色のあざがあると聞き、それはボパだとダラは確信した。老警官の頭にさまざまな記憶があふれ出した。彼を苦しめ、ひとときも安らぎをくれない記憶の数々だ。娘は見つかったのだとダラは自分に言い聞かせた。けれど妻にはまだ伝えたくなかった。

一時間後、毒気をはらんだような日射しの下、風が吹き抜けた。自分の過去と、いなくなった娘のことを考えていたダラの頬は、あふれる涙でぬれていた。人生は、ずっと昔に掘った井戸みたいなもの——これで一生飲み水に困らないだろうと思っても、日がたつにつれ、井戸はどんどん涸れていく。そして最後には、深くうつろな、暗い穴だけが残る。人が人生で持ち続けていられるものはわずかしかないとダラは思った。年老いた男が、彼の過去からまだ何かを取り戻せるとしたら、その先の人生は生きる価値がある。そんなことをつぶやきながら老警官は、バナナの木のあいだにのびる、赤茶けたでこぼこの道をオートバイで走った。

クナ村に着くと、ダラはジャングル少女を見つけたという家族をさがした。彼らの名前とおおよその住所は警察署で聞いてわかっているし、地図も買った。その地域は、ダラが育った村とおなじく貧しかった。マンゴーと椰子の木が何本かあり、あとは幾頭かの水牛がいるだけだ。村の人たちは椰子砂糖を作って生計を立てている。椰子の茎を苅って内側を熱し、にじみ出てくる樹液を集めて乾燥させ、砂糖を作る。椰子砂糖はたいした収益にはならないけれど、村の人たちは焼けつくような日射しの下、一日じゅう火のそばにひざまづいて茎を熱していることをダラは知っている。周辺に田んぼのないこの土地には、家具材に使われるマホガニーが一本残らず伐採されたあとに生えた、まとまりのない低木の茂みしかない。すでに雨期ははじまって、土地のあらかたを泥と黄色い水でのみこんで、その威力を見せつけていた。

しばらくして、ダラはジャングル少女を見つけたという老婆の家を見つけた。庭では、吠える犬、鶏、猫と豚、鼠とトカゲ、裸の子どもがひしめきあっていた。最初、老婆はジャングル少女を老警官に会わせたがらず、そのかわりに一時間も話し続けた。二人の孫を両脇に抱えた老婆が言うには、まず、家にある食べものがなくなったのだそうだ。近くの寺でガードマンとして働いている息子用と孫用、ふたつの弁当箱にいつも彼女は食べものを入れていた。それがなくなることが続いたので、犯人を見つけてやろうと彼女は周囲をさがすことにした。そんなわけで、ジャングルに入り、村人がふだんならいかないような奥まで進んだ。そして彼女は見たのである。全身泥だらけ、体を長い髪に覆われた裸の少女を。ちいさなけもののような少女は、ひざまづいて、大きなバナナの葉にのった豚肉とごはんを、手づかみにしていた。自分の家からなくなった食べものだと気づいた老婆は、この犯人を捕まえるために猛然と走り出した。驚いたことに、ジャングル少女は二足歩行をしなかった。彼女は猿のように手足四本で走った。かがんで走る猿のような少女より、老婆のほうが速かった。そして老婆は少女をつかまえ、村に戻ってきた。

老婆の家の裏庭で、野生の少女を見ると、老警官の頬に痛みが走り、心臓が縮こまった。布で体を巻かれたジャングル少女は、両手両脚をロープで縛られて、枯れたバナナの木の下に寝そべっていた。黒いガウンのように彼女の髪が体ぜんぶを覆っていた。ダラですら見たことのないほどおびえた目は、まったく理解できないほどの憎しみで満ちている。蠅や虫が肌にとまっても、気にもとめないようだった。ダラは注意深く少女の左腕を見た。

やっぱり。紫色のしるしがあった。記憶のなかの娘にあるのとおなじしるしだ。

ダラが近寄ると、少女はふくろうのように鋭い声で叫んだ。「ボパ、ボパ」と、彼は娘の名前を呼んだ。けれど彼女は、火事になった森から捕獲された猿みたいに震えるだけだ。ダラがロープをとこうとすると、少女はどう猛な牛のようにあばれ、自分の肩にかかったロープにかみついた。この野生の少女は一晩じゅうこんな物音をたて、目の前を人が通ると吠え立てるのだと老婆は言った。老警官は、盗まれた食べものの弁償として老婆にいくらか支払った。三十分後、村の子どもたちに見つめられながら、老警官はオートバイに少女をのせ、落ちないように固定しようとした。やっとのことでやり終えたとき、老体のエネルギーのすべてを使い果たしたように思えた。

シェムリアップに帰り、少女を見せるなり妻はわっと泣き出した。彼女はすぐさまブッダに祈り、そして急激に力をたくわえたかのように強くなった。夫婦ふたりでボパをなんとか風呂に入れようとした。ぐったりするほどの大仕事だった。娘を洗うと、ダラの妻はなんとかシャツを着せようとした。けれどこの野生の少女は、布地が触れるやいなや乱暴に引きはがしてしまう。外を見ると、月はもう高くのぼっている。どんな日よりも夜になるのが早かった。ダラはレンズ豆の料理を作ったが、それには触れようともせず、野生の少女はバナナを一房食べた。夫婦は娘に部屋を用意し、ベッドをしつらえて、あとはそっとしておいた。娘が逃げ出したりしないよう、ダラはドアも窓もかならず閉めておくようにした。

ダラの家で何が起きているのか、本当のところはだれも知らなかった。近所の人が知っているのは、やってきた翌日にジャングル少女が逃げだそうとしたことだけだった。近所の人たちは彼女をつかまえて、ダラの家に連れ戻した。ある日には、二人のジャーナリストが訪ねてきて、彼女の写真を撮っていった。一週間すると、近所の人たちはそれぞれ家の鶏が消えていることに気がついた。点々と続く血の跡を追っていくと、ダラの家にいき着いた。窓をのぞいた彼らは、口のまわりと髪の毛に血と鶏の羽をはりつけて、ベッドに座っている少女を見た。彼らはあまりのおそろしさに言葉もなく逃げ帰った。

日がたつにつれ、シェムリアップの通りで老警官を見かけることはなくなっていった。夫婦は家にこもって、娘に、二本の足で歩くこと、話すことを教え、娘のために料理を作っていた。少女はよく部屋の隅で体を丸め、大きく神秘的な目を見開いて、あらゆるものを食い入るように見つめていた。あまりに強く歯を食いしばるので、歯ぎしりの音がダラの部屋まで聞こえてくるほどだった。ボパは大きな猫のように丸くなって自分の体をかくす。先々の不安で夫婦は眠れない日が続いた。何より彼らを悩ませるのは、少女がトイレで用を足す習慣になじむことができず、床だろうが庭だろうが、ところかまわず排泄してしまうことだった。

何週間かたっても、ジャングル少女が話す言葉は意味不明だったけれど、一度だけ、ダラと二人きりのとき、彼女は「パパ」と言って彼の顔をのぞきこんだ。ダラののどはふいにしめつけられ、涙があふれた。

ときおり、真夜中に蚊の羽音がしずまったときなどに、犬のように無防備に手足をそろえ、髪に顔を埋めて眠る娘の姿をじっと見ていると、ダラの胸はしめつけられるようだった。この家にくるまで、ジャングルで何があったか、この娘は少しでも覚えているのだろうかとダラは考える。人はなんでも忘れることができるとダラは知っている。ダラ自身、クメール・ルージュの兵士だったころのことはほとんど忘れている。思い出したくもなかった。記憶の断片が浮かび上がることはあった。それは夜空に投げたひとにぎりの埃のように舞い上がり、破壊された森に落ちていく。そこは、許されることも、償えることも、ぜったいにない場所だ。

ある日、二人の見知らぬ人がダラの家の庭にあらわれた。ひとりは、上品なめがねをかけ、銀色のスーツケースを持ったアメリカ人、もうひとりはその男の助手兼通訳で、プノンペンに住むクメール人だった。アメリカ人は、自分は精神科医で、ジャングルで見つかったダラの娘の記事を読んだと言った。通訳をつれて、首都からバスではるばるやってきたのは、だからだった。

「どんなご用件でしょう」ダラは二人を見つめた。

でこぼこ道を七時間もバスに揺られてきたせいか、二人の文明人はひどく不機嫌だった。助手が、水と何か食べるものはないかと訊き、アメリカ人はジャングル少女の部屋に向かった。ダラの妻は二人に麺料理とライムジュースを用意した。ダラはできるだけ近くに立って、外国人が娘の手に触れたり腕を動かしたりしながら外国語でささやきかけるのをじっと観察した。老警官には奇妙な光景だった。両親の言うことも理解できないのに、外国語がわかるはずもない。けれどアメリカ人はとても忍耐強かった。手でおかしなサインを送っては、熱心にノートにメモしている。かわいそうな娘はそのあいだずっと、深い憎しみのこもった目でアメリカ人を見ていた。

ようやくアメリカ人はボパから離れると、こんどはダラに向かって説明をはじめた。この少女の知能は四歳児並みである、あまりにも長く人間社会と隔離されていたので、体系的に一から教育しなおさなければならないと彼は言った。ボパはプノンペンにある特殊な病院で治療を受ける必要がある、さもなくば通常の人間的生活を送ることは不可能だ、とも。プノンペンの特殊な病院。それを聞いたとき、老警官の顔は暗く沈んだ。娘をやっと見つけたジャングルより遠い場所へいかせるなど、思いもしないことだった。

アメリカ人は老警官の家を去るとき、言った。「DNA検査を受けることも必要になると思います。あなたと、あなたの……なんという名前でしたっけ、そう、ボパの」

なんだかボパを、ダラの娘と呼びたくないような口ぶりだった。それにしても、DNA検査？　もちろんダラはそれが何か知っている。警察官なのだ、その検査が意味するところは知っている。ダラは何も言わずにほほえみ、二人の男を庭に送り出した。二人が道の向こうに見えなくなるまで見送った。家に戻るとすぐ、ダラは家の周囲に巡らせた木の柵に鍵をかけ、彼と、妻と、娘で家に閉じこもった。

ダラはまた古いヤマハに乗っていた。同じ時間帯の勤務をもうひとりの警察官と終えて、シェムリアップ郊外にある寺院に向かっていた。娘に取り憑いた「ジャングルの悪霊」を祓うことのできる心霊治療師がその寺に住んでいると聞いたのだ。かなりの時間をついやして、寺院の僧と値段交渉をし、最終的に三十五USドル――心霊治療師は使い道にならないカンボジア通貨はほしがらなかった――を支払うことで話はまとまった。ダラの月給は三十ドルである。けれど娘の治療のためならいくらでも払うつもりだった。娘のなかに隠れているジャングルの悪霊を見つけて、それを儀式によって追い払うというのがその僧の説明だった。ダラは希望で胸をいっぱいにして寺院をあとにし、ヤマハに乗って猛スピードで家に帰った。

心霊治療はその寺院でおこなわれることになっていた。けれどダラと妻は、娘を外に連れ出すことができなかった。娘は服を着るのも、歩くのもいやがったからだ。ダラは次の日、もう十ドル余計に払い、心霊治療師に自宅にきてもらうように頼まなければならなかった。

悪霊祓いの儀式は、うんざりするほど長く、夕暮れから夜明けまでかかった。ダラとチンダは部屋に入ることを許されず、儀式のあいだずっと、庭のうらさびしい三本の椰子の木の下にいた。ダラはビールをラッパ飲みしていた。娘の絶叫が聞こえてくると、ビール瓶はダラの手から落ちて割れた。

悪霊祓いのあと、娘は静かになった。というより、まったく声を出さなくなった。傷ついているように見えた。短く切った髪に大きな黒い目が隠れていた。肩の上でぐらぐらしている頭は重そうに見えた。森で雷に打たれ、一瞬で稲妻に野性を奪われたライオンを思わせた。ダラの妻はあいかわらずブッダに祈り、娘に歩くことと服を着ることを教え続けた。心霊治療師が帰ってから二日後、驚いたことに娘は二本の脚で立ち上がり、そろそろと家のなかを歩きまわった。ちいさな洞穴で長く暮らしてきた人みたいに、ずっと背中は丸めたままだったけれど。ダラにとって、それは人生でもっともやさしく、かなしい瞬間に思えた。

六月、モンスーンの雨でどの家も浸水し、ダラは家具を二階に移さなくてはならなくなった。それでも一カ月前と比べると、家族はおだやかに暮らしているように思えた。ある朝雨がやみ、陽がさしはじめた。するとあのアメリカ人の精神分析医が庭にあらわれて、ダラを驚かせた。彼は今度は地元の医者を連れていた。ダラの妻はまたしてもライムジュースでふたりをもてなした。医者は、これから家族みんなを車に乗せてプノンペンの病院にDNA検査を受けさせにいこうと思うと、単刀直入に言った。DNA検査のあとの患者の支援はよろこんで請け負うと精神分析医は続けた。二人の話を聞いていた老警官はアンコールビールを飲み干し、次の一本の栓を抜いた。

　庭のバニヤンの木陰に、三人の男たちはしばらく座っていた。老警官は病院にいくつもりはないという意思表示として、ビールを飲み続けた。地元の医師に通訳をさせ、精神科医は、このジャングル少女の症例にはどうすることがいちばん効果的なのかを説明した。今回も彼は「娘」という言葉を使わなかった。ダラは何も聞いていないかのように、陽にさらされたヤマハの下に寝そべる、緑色のとかげを見ていた。とかげは午後いっぱい、じっと動かないように見えた。精神科医は前回と同じくジャングル少女の部屋にいき、例の独特な手の動きで奇妙な会話をした。太陽が西に沈むととかげは姿を消した。二人の男はようやく帰り支度をはじめたが、最後にもう一度、少女を連れていっしょに病院にいく気はないかと訊いた。ダラは首を横にふった。

　だれも何も言わなかった。老警官と妻は、家の近くに停めてある車に向かう二人の医者についていった。二人はダラに名刺を渡した。前回とおなじものだった。不承不承、彼らは帰っていった。老警官は椰子の木みたいに突っ立って、車が見えなくなるまで見送った。何かむずかしい決断をするかのように、ダラはしばらく物思いにふけった。けれど最後には首を振り、バニヤンの木の下に座り、残りのビールをあおった。

次の日の朝、ダラと妻はやかましく吠える犬の声に起こされた。ダラは飛び起きてボパの部屋にいった。部屋に彼女の姿はなかった。あわてて彼は家じゅうをさがしまわった。庭も裏庭もくまなくさがした。けれど娘の姿はどこにもなかった。

ジャングル少女の捜索は二週間にわたって続けられた。しかし彼女を見たものはだれもいなかった。夫婦はオートバイで寝起きして、シェムリアップじゅうをさがしまわった。町を出て南下し、トンレサップ湖近くにある水上の村までいき、そこから北の国境付近の山岳地帯へもいった。それから娘が見つかった場所に急いで戻り、クナ村にしばらく滞在していたが、やっぱり野性の少女を見たという人はひとりもいなかった。ダラは何日もジャングルをさまよった。小柄な猿や、果てしなく続く灌木のあいだを。けれど少女の痕跡は、何ひとつとして見つからなかった。

＊

時間はしずかに過ぎ去った。老警官の髪が白くなっていくように、ひそやかに。雨期は終わり、道路も路地も乾ききって砂埃にまみれ、緑色だったパパイヤの実は熟れ、そして腐った。老警官は毎日ヤマハに乗ってシェムリアップの町を走り、ジャングル少女の噂を聞いてまわった。最後に彼女を見たときはアンコールワットに続く路上でバナナ売りをしていたと言う人もいれば、二カ月前にトレンサップ湖に浮かぶボートにうずくまっているのを見たと言う人もいた。プノンペンのナイトクラブの入り口で彼女に会った、売春婦みたいに見えたと言う人までいた。ダラはまた、彼女は交通事故で死んだとも聞いた。車が走っているのに止まらず進み、轢かれたのだと。けれどすべての話のなかでいちばん信憑性があるのは、ジャングル少女はジャングルに帰った、というものだった。毒気を含んだような太陽の下、森も、湖も、山々も、田んぼも、今も昔もずっとあり続ける、果てしなく広い湖成平野のジャングルに。

肺病を患って妻がこの世を去ったあと、老警官は国の北にある寺院で余生を過ごした。ヤマハはまだ持っていたが、銃もふたたび持つようになった。ときおり、こうもりが空を舞う月夜に、過去を思い出そうとした。心のなかのかたい結び目をほどこうとした。彼はもう、ブラックホールに吸いこまれる、重力のない塵みたいに過去を消したいとは思っていなかった。自身の内に過去をとどめておきたかった。そうして過去を抱えたまま、古いブッダ像の前の、香炉に残るあたたかい灰みたいに、過ぎゆく日々を静かに送りたかった。

チェンジ

マリー・フィリップス

Change

Marie Phillips

「それで、あなたの人生は何か変わりましたか？」

私たちは、ウガンダのカンパラにある、プラン・インターナショナルの会議室にいた。すでに泣き止んでいたけれど、四人のプランのスタッフは、また私が泣き出したらどうしようかと、不安と動揺の混じった表情で私を見ていた。カムリから三時間車に揺られてきて、私の顔には砂埃がべったりとこびりつき、そこに涙が混じり、頬には赤茶色のすじがいくつも流れている。魅力的といえるかもしれない。汗でぐっしょりぬれた服に泥まみれのクロックス・サンダル、雨期の湿気でちぢれた髪の毛、乾いてしなびた肌、全身を覆う疲労感にこそ、この泥まみれの顔はふさわしいだろう。

「人生は変わりましたか？」

部屋で唯一の白人男性――アメリカ人、もしかしたらカナダ人――が言った。彼がプランでなんの仕事をしているのかわからないけれど、彼はずいぶん長いこと、ことによると何十年もここにいて、今も、私のような作家たちから報告を聞くためにここに居続けている。だからそれは重要な質問なのだろうと私は思った。ウガンダを訪れたことで人生に変化があったかどうか、それはどちらかというと彼にとって重要な質問であるように思えたが、申し訳ないことに私にはまだ答えられなかった。なぜなら私はまだウガンダにいて、唯一実感をもって感じられるのは、肌にこびりついた砂埃だけだったから。

けれど今ならわかる。もし彼が、今もその答えを聞きたいとしたら。イエスと私は答える。ええ、変わった。でもそれは、きっと彼の思うような変化ではない。

ウガンダ訪問ははじめてではなかった。十二年前、この地で環境保全の慈善活動をしていた姉を、一度訪ねたことがあった。そのときは気楽だった。けれど今回、暑くて人でごった返した空港に降り立ったとたん、不安でいっぱいになった。トイレ（紙はある？石けんは？　水は流れる？　そのうちひとつでもあれば上等だろう）で何が私を待ちかまえているか、いないか。荷物は届いているか、中身は何ひとつなくなっていないか。税関の職員は親切にしてくれるのかくれないのか、私のビザを見て何を思うのか（作家の訪問は第三世界の出入国管理官にあんまり歓迎されない）。空港の外にひしめくタクシー運転手の、だれがまともな車を持っていて、運命に身をまかせなくてもいい運転をしてくれるのか。不安だらけだった。外に出て、熱気と騒音の波にのみこまれると、しかし気分は高揚した。私はここ、ウガンダにいる、ホテルに着くまで死ぬことはないだろう、たぶん……。

ウガンダは、忘れがたいほど色彩にあふれたところだった。日射しに輝く赤い大地、みずみずしく茂った深緑の植物、雨でないときのくっきりした青空。国際空港は、首都カンパラから車で三十分ほど離れたエンテベにあるけれど、どこまでがエンテベで、どこからがカンパラか、判別するのはむずかしい。二つの町をつなぐ道路の両側には店が並ぶ。なかには食器棚ほどの大きさもない店もあり、看板にはどぎつい色で飲料会社のロゴと、派手なスローガンが描かれている。「コカ・コーラで人生をたのしく！」「見た目そのまま、チョコレート味のキャドバリー！」「アフリカ公認のお酒！」携帯電話屋は至るところにあった。十二年前はほとんどの人が携帯電話など持っていなかったのに、今回の訪問では、かなりさびれた村でも、イギリス南部の田舎町よりよほど電波状況がよかった。

そしてどこにも、人がひしめいていた。徒歩の人、自転車やオートバイに乗った人、車やトラックや乗り合い自動車やミニバン・タクシーに乗った人々。車には、プレミアリーグのサッカーチームやイエス・キリストへの忠誠を誓うステッカーがべたべた貼られ（ここでは熱狂の度合いは似たようなものだ）、信じられないほど多くの人がぎゅうぎゅう詰めに乗っている。しかし政府高官のような扱いをされる私は、NGOが用意した真新しいピックアップトラックに乗り、車内ではひいきのサッカーチームも宗教も問題にならなかった。カンパラの町とその周辺の渋滞に、かなりの時間をとられた。以前私がきたときより、爆発的に人口が増えたのは明らかだったけれど、そのことに勇気づけられもした。これらの人々は車を買う余裕があり、涙がにじむほどまばゆい店々で買いものをすることができるのだ。ピックアップトラックに流れるコマーシャルを聞くかぎり、彼らはまた、私たちとおなじように、いちばん安い携帯電話の料金設定はどれか、充分に時間をかけて資料の束を吟味することができるのだ。

空港やホテルで私が会った人たちは、魅力的で、親切で、開けっぴろげで、たいていいつも笑っていた。この明るさこそ、ウガンダだ。前回の旅で、姉はウガンダの友だちといっしょに、私をカンパラのナイトクラブ「アンジュ・ノワール」に連れていってくれた。

だれも彼もくつろいで、恥ずかしがることもなく、鏡ばりの壁に映る自分と向き合って、陽気に踊っていた。私は彼らにマカレナ・ダンスを教えて、大いに熱狂させた。もしまだカンパラの彼らがマカレナ・ダンスを踊っていたら、私のおかげということになる（おかげ、というのもへんだけれど）。ウガンダは、私が旅したなかでもっとも熱く歓待してくれる国だったし、今回も、以前とかわらずあたたかい歓迎を受けた。

しかし本来の旅はここからはじまる。前回の旅では、ゴリラの足跡を追ってブウィンディ原生国立公園を訪れた。今回の旅で最初に訪れたのは「ムーンライト・スターズ・プロジェクト」、売春婦のグループに会うためだ。そしてこの訪問は、旅人としてどれだけ頻繁にアフリカを訪れようとも、真のアフリカの多くを見過ごすことになると実感させられる、最初の経験になった。

ムーンライト・スターズ――セックス・ワーカーが自分たちをそう称していることから、名づけられた団体名だ――を訪ねると、性問題を扱うクリニック前に張られたテントの中に案内された。そこには二十代前半の女性たちが待っていた。プラスチックのガーデンチェアに座った彼女たちは、胸の前でかたく腕組みをしている。目つきはきびしく、にこりともしない。彼女たちの身振り手振りは、怒りと不信感に満ちていた。私たちはここでは歓迎されていなかった。

　予想もしていないことだった。事前に送られてきたプランの小冊子や、ウェブサイト、ロンドンオフィスにあるパンフレットには、プランの提唱する「子ども中心の地域開発」に感謝を示す、笑顔の子どもたちの写真がのっていた。「子どもたちは、私たちのすべての活動の中心です」とプラン・UKのサイトに書かれている。「子どもたちは私たちの未来です。子どもたちは希望と夢を世界にもたらしてくれます」。私は内心で、欧米からのよろこばしいたよりを伝える役目として、そんなしあわせな子どもたちといっしょに写真におさまる自分を思い描いていたのだ。けれどテントのなかにいるのは、怒りに満ちた――おとなの――売春婦たち。もしこれがアフリカの現実ならば、すなわちNGO活動の現実も同様、ということだ。

　彼女たちと会ったときにとったメモを見ると、私が最初に書いた言葉は「レイプ」だ。セックス産業にかかわる前に彼女たちはレイプされ、以後、ずっとレイプされ続けている。十代のときにレイプされ、妊娠し、家を追い出され、自分も子どもも食べていけず、路頭に迷ったと、ひとりひとり語った。その後、彼女たちは手をさしのべてくれる友人に会い、その紹介でセックス業界に身を投じることになる。「仕事をしているとき、子どもの面倒はだれがみるの?」私は訊いた。だれも。それが答え。彼女たちは鍵をかけた家に子どもを置いてくるのだ。

　カンパラの通りは売春という仕事をするのに安全な場所ではない。彼女たちは客にレイプされ、また、定期的に見まわりをして売春婦を一斉検挙する警官にも、レイプされる。それ以外にも危険はある。とりわけ、HIV感染とエイズだ。ウガンダの男たちにはコンドームを使う習慣がなく、売春婦がつけるように言っても、暗がりのなか、コンドームをつけたと嘘をついてことに及んでしまうのはたやすかった。「たとえコンドームをつけさせることができたとしても、私たちが売春婦であることにかわりはないわ」と、ひとりが声高に言った。彼女たちは幸せな娼婦というわけではないのだ。彼女たちが唯一笑ったのは、私に同行していたプランの職員が、オランダの合法的な売春宿の話をしたときで、全員がけたたましいくらいの笑い声をあげた。

　ムーンライト・スターズ・プロジェクトの目的は、セックス・ワーカーたちの健康管理である。エイズ検査、コンドーム使用の推奨など。同時にセックス業界から抜け出し、パン屋や美容院といったビジネスをはじめられるよう、経済支援と職業訓練もおこなっている。けれど資金は底をついている。だから、ムーンライト・スターズは売春婦たちの健康管理と経済支援を目的に掲げながらも、実際に行っているのは出張啓発活動だ。出張啓発活動とは何かと私は訊いた。外に出ていって、ほかの売春婦に、ムーンラスト・スターズがどのような目的を掲げて活動しているかを話すことだというのが、彼女たちの答えだった。ウガンダで、この出張啓発活動について聞いたのは、この場でだけではなかった。今、ここで訴えるべきだろう。出張啓発活動とはつまり、チープな――お金はかからないが、安易な――活動である。

私たちが帰るとき、女性たちはプロジェクトに寄付をしてほしいと言った。私たちは、今回の活動の目的はそういうことではない、ロンドンのプランに帰って、資金援助の担当者に現状を報告すると説明した。彼女たちはがっかりしたようだった。取材ノートにはこう書いてある。「このくそ女はだれ？　お金をくれないのならなんでここにきたわけ？」と、彼女たちは思っているだろう、と。

その夜、私は付き添いのプラン職員とホテルのレストランで食事をした。ほかのテーブルでは年配の男性たちがみな、若くて美しい女性を連れて食事をしていた。たぶん、いや、確実に、女性たちはただの話し相手としてそこにいる。前方にあるステージでは、女の子がトレーシー・チャップマンの「ファスト・カー」を歌っている。「あなたは速い車を持ってる。私にはここから抜け出す計画をたてているの……」速い車はここカンパラではたいして役にたたない。いつもひどい渋滞だから。

　翌日、車に三時間ほど揺られ、プランが活動を行っているコミュニティのあるカムリ県に向かった。カムリは、前回のウガンダの旅で訪れた場所とどことなく似ていた。もちろん前回のほうがもっと興味深いところだったけれど。四千三百八十三平方キロメートルに、七十一万二千人が暮らすカムリには、旅人が興味をそそられるようなものはまるでなく、ウガンダのガイドブックにすらのっていない。深く考えていたわけではないけれど、地球上のあらゆる場所というのは、ガイドブックにのっているものだとなんとなく私は思っていた。恐れを知らない旅行者――旅行者などと呼ばれたくないタイプの人たち――がいきたくない場所なんてないと思っていたのだ。けれど当然ながら、旅人にとってなんの魅力もなく、行楽客をひきつけるような風景も文化もなく、何マイルにもわたって貧弱な灌木が続き、特徴のない泥壁の小屋が点在し、特徴のない田んぼが広がるこういった場所が、この世界にはたくさんあるのだろう。それこそ、ふつうの人たちが暮らす場所だ。写真を撮る価値もない場所の、とりたてて会う必要もない人たち。これこそまさにロンリープ、ラネッ、ト、である。

道ばたのトイレのことはさておき——それについては触れないほうがいいだろうから、ご想像におまかせする——いや、ご想像しないほうがいいかも——カムリまでのドライブは、ウガンダのビスケットみたいに味気なく、なんだか口いっぱいに埃を吸いこんだような気分になった（ウガンダのビスケットはビスケットに似て非なるしろもので、私が家から持ってきたバターたっぷりのショートブレッドを配ったら、こんなにおいしいものがあるのかと地元の人たちは驚いていた）。ドライブ中、初老にさしかかるアフリカ人男性の写真つきの、巨大な広告板のそばを通った。「この男にけっして……」という言葉でスローガンははじまっていて、最初、その続きは木に隠れて見えなかった。私はその先を知りたかった。「中古車を売らせてはならない」？「この国をまかせてはならない」？文字を隠していた木を通り過ぎた。「この男とあなたの十代の娘をつきあわせてはならない。あなたもなぜ彼の娘とつきあうのか。援助交際はやめよう」。その看板を通り過ぎる車のなかで、この気の毒な男性は、なぜウガンダでもっとも歓迎されないロリコン男のモデルなんかするはめになったのだろうと考えて、笑いたくなった。この地に性病がはびこっていることは痛烈に理解しはじめていたけれど、よくわからないのは、年配男性にたいして不純な性的行為をとがめるメッセージを見たのは、あとにも先にもこの一度だけだった、ということである。

カムリに着いたことには気づかなかった。「コミュニティ」という言葉から、私は何かわかりやすく村っぽい――境界があり、中心部のある、緑深いイギリスの村みたいな――ところを想像していた。けれど目の前には、今まで通過してきた場所となんら変わりのない、ただの無秩序な景色が広がっている。どこからどこまでがコミュニティだと、どうやって知るのだろう。ここに住む人たちはおたがいを知っているのだろうか。それともイギリスに暮らす私たちと同じように、多かれ少なかれ孤独を感じて、それぞれの人生を生きているのだろうか。ロンドンで会ったプラン職員は、このコミュニティの人々は、プランとともに地域開発のための活動の段取りを考えている、と言っていたが、私には、どこでどんなふうにそんな活動が行われているのかまったくわからなかった。私が思い描いていたものと違いすぎるのだ。毎朝みんなが木の下に集まって、さまざまな問題を話し合うようなものとは。もっとも、このコミュニティには数千人の人が住んでいるだろうから、かなり大きな木が必要になるが。

カムリで私たちはまず地域オフィスを訪ね、ウガンダ人職員たちに会った。彼らは私をあたたかく迎えてくれたが、私が何者で、いったい何をしにやってきたのかまるで知らなかった。イギリスのプランからだれかがやってくるとは聞かされていたけれど、だれが、なんのために、という点は聞かされていなかったのだ。イギリスのプランと現地のプランが意思の疎通を図るためには、じつに多くの段階があって、その過程で、間違って伝わったりもするのだろう。本当に重要な問題を話し合わなければならないとき、そんなことにはならないようにと私は願った。

あとになってから知ったのだが、プランのカムリ・チームの職員は、地域の人々と暮らすために、自分の家族と離れて暮らし、家族に会えるのは二週間に一度か、もっと少ないという。彼らは休みもなく、長時間のきつい仕事をこなし、地元の人がやってくれば昼も夜もなく対応している。けれどチーム・リーダーは私たちを満面の笑みでオフィスに迎え入れ、最近になって加えられた新たな課題を手振りで示した。つい最近の豪雨ですべてのトイレが壊れてしまった地元学校の、生徒からの手紙千二百五十通だ。プランは助けられるのか？

とはいえ、この件に関してプラン・カムリには決定権はないだろう。上層部に訴えるべき問題だ。私は手紙に目を通した。「すべてのトイレは」、と書かれているのは、五つのトイレ、という意味だ。校長先生は、あらたに八つのトイレを設置できる資金を希望している。二百五十人に対してひとつのトイレではなく、せめて百五十七人に対してひとつのトイレになるように。

その後、ここから少し離れた場所の小学校——少なくともこの学校のトイレはちゃんと使える——に連れていかれ、ここで行われている性教育の現場に立ち会った。

ウガンダでは建前上、小学校教育は無料で受けられることになっている。けれど実際は、公立小学校でも、両親は制服代や教科書代、給食費などを支払わなくてはならない。今回の旅で私が会った多くの両親が言うには、公的資金で建てられた公立校はそろって資金不足で、そうした学校に子どもを通わせているのは、最下層の家庭だけだということだった。資金不足とはつまり、教室も机も椅子も本も、わずかしかないか、まったくないかのどちらかで、教師もときおりやってくるだけ、という状況を意味する。カムリで私たちの訪問したすべての学校の壁に出席表が貼られていたが、それは生徒のではなく、教師の出席表だった。報酬があまりにもわずかなため、教師が教えにいく気をなくすのである。それでも職を失うというリスクはほとんどない。教える能力と意欲のある人材は、つねに不足しているからだ。

一般的に、ウガンダの小学校には七歳から十四歳までの子どもが通っているが、教育にかかる費用を親が払えなくなったり、畑仕事の手伝いをしなくてはならなかったり、はたまた子どもが病気にかかったり、月経期間中だったり、妊娠したりした場合、子どもは一時的に学校を休むか、あるいは退学することになる。そのため、多くの子どもたちが小学校教育を終えないままで、仮に終えたとしても中学に進学できる子はごくわずかだ。

この小学校で私がまず気づいたのは、地面に近い位置にたてられた青と白の立て札だ。よく「芝生の上を歩くな」などと書かれている立て札。その立て札に書かれていたのは、プランほか二つのＮＧＯのロゴ、そして「純潔は健全な少年少女をはぐくむ」「ものにつられてセックスをしてはいけません」さらに「セックスで胸は大きくなりません」といった標語だった。

性教育の授業はひとつの教室で行われていて、そこには職員や親、生徒会代表者などが入り交じっていた。私が着いたときにはすでに授業ははじまっていたので、私はそっと教室に入り、プランの職員の隣に座って、今は何をしているのかと訊いた。

「女の子たちにＨＩＶとエイズについて教えているのです。男性教師が性的な誘惑をしてきたときの、その悪影響について知っていてもらうためです」

彼は男性教師の性的誘惑にのった場合の、好影響については教えてくれなかった。

この授業を受け持っていた女性教師は、もっと印象的だった。彼女は大柄で、威圧的で、権威的で、私はたちまちおそろしくなった。彼女がもし跳べと言ったら、おそらく私はどのくらい高く跳べばいいかだけでなく、どのように跳べばいいかまで、彼女に訊くだろう。あとになって、彼女と私は同世代だろうと気づいた。彼女の背後の壁には、学校と家における女の子の役割、責任についての一覧表が貼られていた。家では、女の子は料理、配膳、水くみ、掃除、裁縫、道具造り、薪拾い、ちいさい子やお年寄りの世話などをしなくてはならない。学校では、女の子は校舎の掃除、グラウンドの整備、水くみ、配膳、そして客人のもてなしをしなければならない。もちろん、学校での勉強のほかに、だ。

次に、女の子をだいじにする学校とはどんなところかといった議論になった。この授業でとりあげられるべき主題のひとつが、性的虐待であることは明らかだった。進行役の女性教師は、女性カウンセラーや、女の子が悩みを打ち明けられる専用カウンセリンググループ、アドバイスのできる女性教師や年長の女学生の必要性について、話し合いを導いていった。同時に、外の男性から女の子たちを守るための柵の設置といった、直接的かつ現実的な措置の必要性についても話し合われた。途中、教室にいたひとりの父親が、女の子が本当に欲しているのは花だ、などと言って幾度も話し合いを遮った。「だって女の子はきれいなものが好きじゃないか」、きれいな制服も必要だ、「だって女の子ってのは制服のかわいい学校が好きだろう」。進行役はこうした発言も礼儀正しく受け止めつつ、議論をもとに戻した。両親も授業に参加してもらい、その後、地域のほかの親たちを啓発してもらうことはとても重要なのだと、のちに彼女は私に語った。それは立派な目的ではある。けれど、この議論がはらんでいる性的な問題を、快く思わない父親も少なからずいると思うと、こうした授業が実際に影響力を持つのは、なかなかむずかしいように思えた。

授業のあと、近所で働くプランの子どもの保護担当者が、私たちを彼らの働くオフィスまで車で連れていってくれた。オフィスといってもカムリの村の中心部にある掘っ立て小屋だ。このあたりで彼女はたいへんな人気者であると、すぐにわかった。すれ違う子どもたちはみんな手をふり、彼女の名を呼んだ。彼女の担当地域には数百人の子どもがいるが、彼女はそのひとりひとりをよく知っていた。子どもの保護担当者が、この地域のすべての子どもたちとファーストネームで呼び合う関係を築くというのは、賞賛に値することでもあるが、同時に大きな疑問でもある。

オフィスの壁は、子どもたちにいかに性的虐待を防ぐかを説いたポスターで埋まっていた。学校の立て札同様、だいじなのは子どもの禁欲なのだ。「セックスにノーと言おう」と、あるポスターには書いてあった。私はイギリスの児童虐待キャンペーンで、子どもの側にノーと言わせなければならない責任を、かくも強く押しつけることなどあるだろうかと考えてみた。けれど、ここではそれが必要なのだと保護担当者は言う。女の子たちはあまりにも貧しく、どんなものとでも引き替えにセックスをしてしまう。たとえチャパティ一枚とでも。セックスと引き替えに男性教師はいい成績をくれるものだと思われていて、この国でよい教育を受けることは価値あることだと考えて、女の子たちは同意してしまう。もし生徒と性的関係を持ったことが見つかったら、その教師はどうなるのかと私は訊いた。「ほかの学校に異動になります」とのことだ。

しかし、この地で子どもたちがさらされやすいのは性的虐待だけではない。保護担当者は、てんかんの発作を起こして、父親に捨てられた十三歳の女の子の話をしてくれた。父親は娘を家から閉め出し、三カ月もの雨期のあいだ、食べものを与えず、たったひとりで寝起きさせていた。プランの尽力で父親は逮捕され、首尾よく起訴されて、少女は現在母親と暮らしている。こうしたケースは数え切れないくらいあるが、子どもたちすべてを助けるには資金が足りないのだと保護担当者は話した。それでも彼女は地域ボランティアの助けを借りて、最善を尽くしていると言う。

のちに私は、地域ボランティアのひとりに、この地域にプランがきてから改善されたことは何か、訊いた。「子どもの保護」と彼は即答した。「ほかには」と訊くと、今度はしばらく考えて、答えた。「何も」


翌日、地元の病院を訪れたとき、ＨＩＶとエイズの悪影響について、さらに多くを知ることになった。その病院は、ある住宅地を囲むように建ついくつかの建物で構成されていたが、フルタイムで働く医師はたったひとりで、あとはボランティアの医師ひとり、何人かの助産婦がいるだけだった。それでも、二万三千人にたいして医師ひとりというウガンダ全体の状況を考えれば、恵まれているといえる。汚れたコンクリートの床にじかに座ったり横たわったりし、食べものも水もなく、診察を何時間も待つ患者たちを、恵まれたほうなのだと私は幾度も自分に言い聞かせなければならなかった。

微動だにせず、うすべったい綿の布にくるまれた老女が、床に横たわっていた。偶然にも、そのとき私の祖母もフランスの病院に入院していた。数日後に祖母は亡くなるのだが、心地よいベッドの上で、清潔なシーツと毛布をあてがわれ、二十四時間の医療ケアを受けながら、最期を迎えた。私は、目の前に横たわっている祖母の姿を想像した。目の前のその床に。今もそんなことを考える。

私が会った病院の職員たちは、ＨＩＶとエイズの医療状況の改善について、確固たる意志と前向きな意見を持っていた。病院にくる妊婦はみなＨＩＶとエイズについて説明を受け、同意すれば検査も受けられる。今や、自分から検査を受けにやってくる人々もいる。これは新しい動きであり、病気発症の減少にもつながっていて、治療すれば延命が可能だという理解も広まってきているという。治療を求める人も、現在治療中の人も増えている。もし妊婦がＰＭＣＴ（母子感染予防）のプログラムに従えば、赤ん坊へのＨＩＶの感染は完全に防げるとも聞いた。残念なことに、この地域では予防のためのプログラムを完璧にこなすのは非常にまれだ。プログラムの重要な条件のひとつに、母乳を与えない、というものがあるからだ。ミルク代は一週間に九ドルかかり、ウガンダ人の平均収入は一日一ドルにも満たないのだ。

病院の管理者に、運営の資金はどこから出ているのかと訊くと、管理者は笑い、地元の衛生局からはじまり、永遠に続くかと思えるほどＮＧＯの名を挙げていった。この、ばらばらに入ってくる資金を管理し、調整するのに、どれほどの時間が費やされるのか想像もつかない。同じ地域に、あまりにも多くの機関が、それぞれの優先順位で、それぞれ異なる活動に資金を提供しているため、肝心な部分への資金提供が見過ごされてしまうこともある。たとえば、プランの、その病院へのもっとも大きな貢献は、ＨＩＶ感染者やエイズ患者のＣＤ４細胞を測定する機器――それがないとどのようなエイズ治療薬をどのくらい処方すべきか決めることすらできない、非常に重要な機器――の導入だ。その機器で血液検査をするために、みな何マイルも遠くからこの病院にやってくる。私たちは機器を見せてもらった。私は自分が見ているものがなんなのかさっぱりわからなかった。ただの器械にしか見えなかった。けれどだれもが誇らしげだった。残念ながら、その器械を使うのにはとくべつな試薬が必要で、プランも、ほかの機関もその試薬を供給していない。試薬を供給できるのは政府なのだが、病院に試薬が届けられる前後に盗まれてしまうことが多い。転売すると途方もない額になるので、薬の窃盗はここでは大罪だ。それでたいていの場合、患者がはるばる血液検査にやってきても、無駄足になるのである。たとえＣＤ４測定検査器が使えたとしても、試薬はいずれなくなる。資金不足、不正といったおなじみの理由で。けれど母子感染予防の理念はとてもすばらしいと思う。

おもての木の下で私たちを待っていたのは、母子感染予防推進グループのメンバーたちだった。全員がＨＩＶ感染者で、地域で啓発活動を行っている。私たちの到着が遅かったために、彼らは何時間も待っていた。実際私たちは、初日、町じゅうがガソリン不足だったせいで、カンパラを出るのが二時間遅れてしまい、その後のすべての予定もずれ続けていたのだが、それでもみんな私たちを――ときには何時間も――辛抱強く待ち、ただの一言の不平も口にしなかった。

私たちを見つけると、推進グループのメンバーたちはさっと立ち上がり、歌い、踊りはじめた。単なる歓迎の歌とダンスなのだろうと思った。ときおり遠吠えの混じるおそろしく手のこんだ歌とダンスで、それに応えて手をのばし「はじめまして」と言うのはいささかばつの悪い気分だった。けれど彼らが私たちに歌ってくれているのは、周辺の村の人々にＨＩＶとエイズについて説明するための歌だった。私の付き添いのプラン職員――私同様、イギリスからきた――は歌にあわせて踊っていたが、私は踊らなかった。恥ずかしかったからだけれど、恥ずかしく思った自分も恥ずかしく、自分を恥じていることもまた恥じた。そんな引っ込み思案なイギリス人気質のおかげで、踊ってもいいかなというかすかな気持ちは、あとかたもなく消えてしまった。

どの歌もダンスもみな感動的で、メッセージを伝えるのに効果的なはずだ。なぜなら娯楽のない村では、もしだれかがやってきて歌ったり踊ったりすれば、それが見知らぬ人であっても、だれもが見にいくはずだから。彼らはメッセージを広めるために、かなり遠くまで——ときには六十キロも離れた村まで——出かけていく。プランが自転車を提供したけれど、まだまだ数が足りない。それから楽器代や、寸劇の衣装代なども必要だった。病院と同じで、資金はさまざまな機関からばらばらに提供されている。グループのメンバーは、ビーズ細工や籠、敷物を作って資金を稼ごうとがんばってはいるが、そうしたものを買おうとする人はこのあたりにはいない。観光客に売るという案もあるけれど、観光客などここにはいない。ビーズ細工になど見向きもしない貧しいウガンダ人がいるだけだ。

もっとも気が滅入ったのは、メンバーが語ってくれた、あまりにも症状が悪化し、病院にいけないエイズ患者の家を訪問介護する話だった。極度の資金不足のため、ビニール手袋もたらいも用意できないのに、彼らは傷や腫れ物だらけのエイズ患者に触れ、その傷を洗うという危険なことをしている。家族は病気をおそれて病人に触れることすらできず、病人は弱って自分自身の面倒も見られなくなり、傷は化膿していく。こうした困窮家庭にあるのはたったひとつのバケツだけ——そのバケツをすべてのことに使う。体を洗うのにも、食べものと食器を洗うのにも、吐瀉《としゃ》するのにも。またベッドを分ける余裕もなく、みんないっしょになって眠る。だからＨＩＶに感染しなくとも、結核など、エイズに関連した病気には感染する。

翌日、私はまたべつの学校に案内された。その地域でもっとも貧しい学校である。ここでもなぜ私がやってきたのか、プランがこの学校とどんなかかわりを持っているか、よくわかっていないようだった。ともかく、私は校内を案内された。二百人近い低学年の子どもたちが、薪置き場としても使われている教室に押しこめられていた。女性校長の部屋も二つに分けられ、ひとつは高学年の子どもたちが使えるようになっていた。建物の壁はへこみや疵だらけで、床は地面がむきだし、窓ガラスには穴が空いていた。それでも、屋外で地面に座って授業を受けなくてはならない子どもが多くいると思えば、教室があるだけここは恵まれている。私が訪ねた日は、屋外で太陽の日射しを浴びながら授業を受けるのも気持ちがよさそうだった。けれどモンスーンの季節は、足下の土は何インチものぬかるみになって、気持ちいいとは言いがたいだろう。

私たちはこれから集会があると聞かされていたのだが、知らぬ間に、私がその進行役を務めることになっていた。私が机につくと、少女たちが木の下に集まってきて、地面に足を組んで座り、私をじっと見た。私も見つめ返した。あらかじめ性別を聞かされていなかったら、私は彼女たちが女の子だと思わなかっただろう。ウガンダの学齢児はみな髪を剃っているし、女の子たちは充分に食べていないせいで胸もおしりもぺったんこだ。彼女たちはまるで思春期前の、中性的な雰囲気を漂わせていて、いったい何歳なのか私にはまったくわからなかった。

　こんにちは、元気ですか、と私は言った。そのあたりからはじめるのがいいだろうと思ったのだ。「私たちはつつしみ深く、従順です」と、彼女たちはいっせいに声をそろえて言った。なんてことだろう。イギリスの学校でおなじことがおこなわれるのを想像しようとしたが、無理だった。この場で彼女たちに何か話さなくてはならない、しかもかなりまとまった話を、なのにまったく準備ができていないという恐怖がなければ、失笑してしまったかもしれない。しかしながら、彼女たちの何人かが、とくに後ろのほうに座った子たちが、つつしみ深そうでも、従順そうでもないので、安心した。なんといったって、まだ子どもなのだ。

　付き添いのプラン職員が、私が困っているのに気づき——パニックに陥った目で彼女を見、「たすけて」と口を動かしたからだろう——何人かのグループに分かれて、この学校の好きなところとそうではないところを話し合いましょうと提案し、それぞれのグループからひとり、話し合いの内容を発表する女の子を選んだ。まったくすばらしいアイディアである。「ロンドンにおいてフリーランスの作家であることとは」どんなことか、校庭にひしめくウガンダの子どもたちに講演する、という苦境から救ってくれたプラン職員に、キスをしたいくらいだ。そんな内容は、何人かの教師をただただ驚かせただけだろう。まごつきながらも、私をコンサルタントと紹介した教師たちを。

　女の子たちがグループに分かれ、静かに話し合いをしているあいだ、私は木陰で一息つき、おなかが鳴らないように気をつけていた。カムリではとにかく忙しく、必然的にスケジュールがどんどん後ろへずれこみ、滞在中、昼食を食べる時間を作ることもできなかった。でも、そんなことを嘆いてはいけない。ここで会った多くの人たちは一日一食しか食べられず、一日二食でようやく人並み、なのだから。

　教師は女の子たちに呼びかけ、今までの話し合いの結果を発表するようにと言った。最初の四つのグループの代表者は、みな、「学校のどんなところが好きか」という問いに、学校ではいろんなことを学べるし、希望する職業に就くことができる、と答えた。学校があまり好きではなく、目的を達成する手段としてしか見ていないグループと、学校にこられることや、人生をよりよくするためのチャンスがあることをすばらしいと思っているグループとに分かれていた。かといってそのふたつが対立しているということもない。それから二人の女の子が、先生になりたい、医者に、看護師になりたいといった、ありきたりな将来の夢を語った。ウガンダのどこを訪れても、どんな子どもたちに将来の夢を訊いても、おなじような答えが返ってくる。大人になったら有名になりたい、というのがイギリスの女の子たちの一貫した答えだ、という調査結果を知ったら、彼女たちはいったいどう思うだろう。二人、もっと大きな夢を持った女の子がいた。ひとりはパイロットになりたいと言い、ひとりはウガンダの大統領になりたいと言った。みんなは彼女たちの大胆な夢に歓声をあげ、手を叩き、声援を送った。それはそんなに大それた夢ではないのだろう。ウガンダ議会の副議長はこの地域の出身で、まさに私が見てきた貧困地区で育った女性なのだから。

　学校の好きではないところを訊かれると、女の子たちはみな生理期間中の問題を挙げた。たいていの女の子が四週間に一度、生理になるというのは血を見るよりあきらかだ。けれど下着を買う余裕もない女の子が多く、生理用ナプキンを買える子などまったくいないといってさしつかえないこの国では、生理そのものが多大な精神的負担になると、覚えておかなければならない。彼女たちは、バナナの繊維（かなり役にたつらしい）やビニール袋（バナナよりは役にたたないらしい）を生理用品として使っていると教えてくれたが、学校には、それらを取り替えたり、体をきれいにしたりするための設備を備えたトイレはないのだという。トイレットペーパーもなく、ビニール袋でやり過ごすことを想像してみようとしたが、この旅で何度もそうであるように、うまくいかなかった。生理期間中に多くの女の子が学校にいかないのも無理はない。当然の話だ。

四人目の女の子が、生理のときに学校生活を送ることのむずかしさを訴えるころには、担当教師はあきらかにばつの悪い様子になり、イギリスからいらした有名な方々も午後じゅうずっと生理の話を聞いていたくはないでしょうから、何かほかの問題点も挙げてみましょうか、と言って話を遮った。

女の子はその話をやめ、しばらく考えてから、継母に虐待を受けている話をはじめた。食べものや石けんといった必要最低限のものも与えられない彼女たちは、しかたなくそれらを手に入れるために男の子と寝る。結果妊娠し、学校をやめざるを得なくなるという。

生理の話を禁じられたせいで、ウガンダにおいて女子学生であるとはどんなことなのか、ということが、包み隠さず、ふきだすような勢いで語られはじめた。真実は、淡々とした口調で静かに暴露され、ほかの女子学生も教師も、驚くこともなくそれを受け止めていた。忘れてはいけない。次に書き出したことが、ウガンダの女の子たちが生理問題の次に、学校生活についての問題点だと思っていることだ。ひとつ残らず記録しようと、できるだけ早く私はノートにメモをした。それを後で読み返してみて、自分の目が信じられなかった。内容はこうだ。(6)良い　特別な仕事に就ける——医者、看護師、教師。悪い　女だからというだけで男から嫌がらせを受け、藪に連れこまれて妊娠させられる。継母は食べものを与えない。(7)良い　歌、運動、スポーツを学べる。悪い　通学路で男に狙われやすい。男につかまり、レイプされる。(8)低年齢での結婚の問題。親が、子どもに早い結婚を強要し、それで学校をやめざるを得なくなる。好き　美術、工作。(9)先生を尊敬していて、先生のようになるために一生懸命勉強する。レイプにともなう問題について。

例　HIVやエイズになる。

　　レイプにともなう問題?


最終日、私たちはついにトイレが壊れた学校を訪ねた。トイレは壊れたままだった。一時的なトイレとしてスコップで穴を掘ってくれる男性がいた。私たちがカムリに着いて、校長先生からの手紙を読んでから六日がたっている。この六日間、生徒たちが家に帰ってトイレを使えるよう、学校は午前中で終わっていた。

いや、せめてほとんどの生徒がそうできるように、というべきか。私が理解しがたかったのは、この地区の多くの学校と同様、この学校にも寄宿生がいることだった。学校まで二時間以上かかる場所に住んでいる家庭にとっては、それが子どもを学校に通わせる唯一の解決策なのだ。二時間以下なら問題なしとされる。その二時間の通学路は、ほとんど真っ暗だ。それはウガンダの子どもたちにとってめずらしいことではない。そして女の子がレイプの危険にさらされやすいのはそうした通学路である。つまり貧困とレイプは相互関係にある。もっとも貧しい家の子どもは、もっとも学校から遠い、もっともさびれた村に住んでいて、もっとも長い距離を歩かなければならない。

壊れたトイレの視察を終えると(私はあまり近くで見なかった)、校長先生は私たちを女子寮に案内した。八十六人の女の子がひとつの部屋を共有し、ベッドがあてがわれているのはその半数だけだった。残りの半数は床に寝るのだ。床に寝具類がびっしり敷き詰められていて、部屋に入ることもできない。窓にはガラスがないというのに、室内は頭がおかしくなりそうなくらい暑かった。窓にはガラスがないばかりか、網戸もない。マラリアがウガンダの主な死因だというのに、部屋には蚊帳のひとつもない。女の子たちは、ロンドン動物園の象舎みたいなにおいのする物置の、床に寝ているばかりか、用を足すための穴もなく、マラリアの死を阻むために最低限必要な、布地一枚持っていない。蚊帳は一枚五十ペンスだ。女の子たち全員に蚊帳を買うには四十三ポンドかかる。

カムリでの仕事はすべて終わり、また三時間かけてカンパラに戻ることになった。何人かのプランの現地職員が家族に会えるよう、同乗させた。トラックに私を含めて五人が詰めこまれ、そのなかに八カ月の妊婦がいたのでいくらか慎重な運転となった。とくに最初の一時間は舗装されていないでこぼこ道だったから。以前、長時間飛行機に乗ったとき、隣の女性が産気づいたことがあった。その後、またそんなことがあったときのために、医師の友だちに、赤ん坊のとりあげかたを尋ねたことがある。私の鞄に抗菌ハンドジェルは入っていたけれど、何もウガンダの道ばたでそれを実践したいとは思わなかった。

私たちは今しがた訪ねた家族について話しはじめた。男性ひとりに二人の妻、それぞれの妻が産んだ娘二人という家族だ。この女の子たちは、私の付き添いのプラン職員がまとめている「本当の選択、本当の人生」というプロジェクトの、研究対象となっている。全世界百三十五人の女の子の、出生時から九歳まで、健康状況と生活環境の関連を調査するプロジェクトである。二〇〇九年のレポートのテーマは「女の子たちの経済的自立」だった。研究対象であるさっきの女の子たちは二歳で、経済的自立を果たしているようには見えなかったけれど——といっても、私はその研究にくわしいわけではない。ともかく、最初、男性は、妻のひとりが妹であるふりをした。娘たちが研究対象から外されて、その恩恵を受けられなくなることをおそれたのだ。しかしそもそも恩恵などない。同じコミュニティに暮らす人たちにとって不公平になるからだ。だから、嘘をつく必要などなかった。

プランの職員はみな、ウガンダ人も、既婚女性も、ウガンダではまだ一夫多妻制は一般的だと言った。私は、学校を訪ねた際、継母が食べものをくれないと話した女の子たちを思い出した。そして、もっとも愛されていない妻の子どもだったら、どんなふうに思うんだろうと考えた。新しい妻がやってくるのは、それまでの妻たちにとって歓迎すべきことなのかと私はプラン職員たちに訊いた。想像通り、答えはノーである。それでも女たちに選択の余地はない。女性が第二の夫を持つことはあるのかと訊くと、プランの職員たちはみんな大笑いした。もし結婚した男が不誠実だったら妻はかなしい思いをするが、それにたえて生きるしかないのだと、ひとりが答えた。もし妻が不誠実だったら？　と続けて訊くと、「夫に殺されるでしょうね」と彼女は返した。それは、「もしまたミルクを出しっ放しにしておいたら殺すよ」といったような誇張表現だろうと思っていた。彼女が、ウガンダにおける家庭内暴力について話し出すまでは。ウガンダでは、家庭内暴力に関する法律はないばかりか、たとえ女性が暴力をふるわれたと警察に通報しても、各家庭の夫婦間で解決すべき個人的なこととして、とりあってもらえないのが一般的なのだという。調査では一貫して、ウガンダ人女性の七十パーセントが家庭内暴力を体験している、と報告されている。あなたたちも体験したことがあるかと、同乗する二人の女性に訊く勇気は私にはなかった。ともあれ、彼女たちは、家に帰って、新しい夫がくると宣言したら、夫はいったいどんな反応をするかと想像し合い、またくすくすと笑い出した。

カムリからカンパリに帰ると、家に帰ったような気がした。騒音も埃も、大都市の活気も私をほっとさせた。ここにいる人たちの人生がきちんと紡がれていて、少なくともその人たちには希望があると、すべての営みが伝えてくれる。私の旅のもっともきつい山場を終え、なじみ深い場所に帰ってきて、私はそんなことを考えていた。プランの職員を下ろしたあと、カムリの旅の報告をするため、カンパラの洒落た郊外にあるプランのウガンダ事務所に向かった。その界隈では、道沿いにあるすべての建物にＮＧＯのオフィスが入っているようだった。国際開発省によると、二千五百をはるかに越えるＮＧＯがウガンダで活動しているという。ウガンダ一万人に対して一団体だ。べつの言いかたをすると、医師の数のほぼ三倍のＮＧＯがある、ということになる。

付き添いの職員と私は、非常にあたたかく迎え入れられ、二階に通された。そこではプラン・ウガンダの責任者と、二人の上級職員が私たちを待っていた。話したいことも訊きたいこともたくさんあった。私の付き添いの職員はプランで働きはじめて数か月で、ウガンダにきたのははじめてだった。だから私と同様、目にしたすべてが未知のものだった。

私たちは報告をはじめ、出会った人々、目にした窮乏について、交代で話した。興味の対象はそれぞれ違った。私は学校の現状に驚愕していたし、彼女は病院の現状に衝撃を受けていた。

けれど例のアメリカ（あるいはカナダ）人職員は、「お金を要求されましたか」という質問で、話を遮った。

たしかに要求された。どの学校の教師たちも、子どもがぎゅうぎゅう詰めの崩れかけた校舎を見せ、机と本の不足を訴え、お金を要求した。病院の職員たちは、充分な医療や薬や設備の必要性を訴え、お金を要求した。訪問した家庭はていねいに私たちを招き入れて、飲みものをふるまい、ときには何時間も質問に答え、私たちに何かできることはあるかと訊くと、お金をくださいと言った。だれも彼もがお金をくれと言った。当然だろう。私たちはお金を持っていて、彼らは持っていないのだ。しかも私たちは、彼らを助けることをはっきりと目的に掲げて、この国で活動しているNGOの代表なのである。当然お金を要求してくるだろう。私たちはお金を渡さなかったけれど、要求されることに嫌悪はなかった。立場が逆なら、私だってお金を要求するだろう。

アメリカ（カナダ）人職員は頭をふり、「彼らはいつもお金を要求するんです。なんでもかんでも要求するんです」と言った。依存する社会という問題が、そこにはあるのだと彼は言う。相手の要求するものを、ただ与えてはいけない。そうしないと、彼らは要求をくり返すことになる。

これを現実にあてはめてみよう。エイズにかかわる活動をしている人にバケツを与えない。CD4測定器に試薬を調達しない。学校にトイレを作らない。私たちが目にしてきた現状は、何ひとつかわらない。

性的虐待についてはどうでしょう、と私は訊いた。私たちは訪れた場所のどこでも、セックスをするなと女の子たちに指導する標識やポスターや活動を目にした。けれど、男性にたいして、女の子への性的虐待をやめさせるための対策は、何もたてられていないように思えた。

「ウガンダ女性には服従の文化があるんです」とアメリカ（カナダ）人職員は言った。「だれもが相手ののどにナイフを突きつけるわけではないんです」

このときだ、私が泣き出したのは。正確には何を言ったかわからない。泣きじゃくり、鼻水をたらし、口によだれをためて、私はとにかく訴えた。「よくも」という言葉を使って。レイプされるのが女の子たちの責任だなんてよくも言えたものね。こんな場所にこさせておいて、あんな困窮を見させておいて、あの人たちを助けることはできないなんて、よくも言えるわね。ええ、私はロンドンからきた作家、ライトノベル作家にすぎないわよ、依存だか服従だか、そんな文化についてこれっぽっちも知りゃしないわよ、私にわかるのはただひとつ、私は実際にこの国の人々に会って、彼らが貧しくて、絶望していて、レイプされていて、助けてくださいと言っているということだけ。助けますと私は言った。なのにあなたは、あれやこれやの文化があるから、彼らを助けられないと言う。私たちにできるのは、二歳の女の子たちの経済的自立にかんする研究に、資金提供することだけ？ロンドンから作家を呼び寄せて文章を書かせることだけ？　それを読んだ人たちは、もしかして寄付をしたら作家が会った人たちや、作家が書いた問題の解決に届くのではないかと思ってくれるかもしれないけど、くだらない文化とやらのためにそうはならないってわけね、それならそのお金はどこへいってるのよ？

「あなたはどうしたいの？」とプラン・ウガンダの事務所長が訊いた。

私はただ、あの学校の子どもたちにトイレを作ってやりたいだけだ。

「トイレはいずれ作りますよ。そしたらまたウガンダにきて、その写真を撮ればいいわ」

あまりにも腹立たしくて、私は泣くのをやめた。でも、トイレは作れないいんじゃないの、と私は言った。依存の社会を作ることになるから。依存の問題はどうなったの？　どうでもいいわけ？

「いずれトイレは作ります」プラン・ウガンダの事務所長はもう一度言った。まるでそれが私の質問への答えであるかのように。ある意味では、そのとおりではあるのだけれど。

そしてこのとき、例の男が言ったのだ。「あなたの人生は何か変わりましたか？」

私は答えた。「わからない」と。

けれど今ならわかる。ウガンダ訪問は私の人生をまるっきりかえた。千二百五十人のトイレのない子どもたちより、自分のペンがどれほど力を持っているかを知った。それから、自分の叫びをだれかに聞いてもらうには、金持ちで白人で、きちんとしたオフィスに座っていなければならないということも、知った。けれども結局のところ、この訪問が私の人生を変えたかどうかなど、いったいだれが気にするだろう。真に問われるべきは、私の訪問が、カムリの人々の暮らしを変えたかどうか――変えられるかどうか――なのだ。

返答

プラン・ウガンダ国統括事務所長　サブハドラ・ベルベース

「ぞっとするほどの貧困や不正を目の当たりにして、夜も眠れなくなったことが、今まで私にあっただろうか」と、私は自問した。作家のマリー・フィリップスが、まだプランの支援が及んでいない地域にある、ナワンサン小学校から帰ってきた。彼女は、寄宿生の女の子たちが床に雑魚寝しているのを見てきた。それがマリーに深い衝撃を与えたことは、手に取るようにわかった。

「罪悪感だ」と私は思った。「私たちはみんな同じ段階を通過する」。泣きじゃくるマリーに両腕をまわし抱きしめると、自分の特権的な暮らしにたいする強い罪悪感を、はじめて味わったときのことが鮮明によみがえった。私の息子とおなじくらい若い彼女を守ってあげたくなった。

「あなたはどうしたいの？」と私は訊いた。彼女の気持ちはよくわかった。

「あの学校のために基金を設立して、あの女の子たちにまともな寮やトイレを作りたい」マリーは答えた。

私はべつの学校――カムリ女学校を思い浮かべた。マリーが訪ねていない学校だ。維持管理のいきとどいたその学校は、地域の支援とプランが設立した基金で建てられ、清潔なトイレと近代的な台所、広い講堂と井戸を備えている。収益を生み出すためのプロジェクトも進められ、女の子たちのためにあたらしい寮もできあがる。その学校で自信をつけた女の子たちは、地域の人々の先頭に立って「Because I am a Girl」、「Learn without Fear」(体罰・いじめ・性的虐待のない学校推進キャンペーン)という主要な二つのキャンペーンに携わっている。両方とも、彼女たちのような若い女性が、人並みの教育とチャンスを与えられる権利を獲得するための活動だ。

「わかったわ。もし寮とトイレのためだけの基金を設立したいというなら、私たちはそのお金をそのためだけに使うようにします。そしてもしトイレができあがったら、またウガンダにきて、学校の前で写真を撮ればいいわ」と私は言い、マリー・フィリップス基金のおかげでできたトイレを使う、子どもたちの笑顔を想像した。

けれどお金だけがすべての解決にはならない。私はマリーに、有名なオバマ大統領の演説――われわれは根本的な変革をもたらそうとしている同士だ。支援というのは、それ自体が目的ではない。海外支援の目的は、支援が必要でなくなる状態を作ることでなければならない――を引き合いに出して、子どもの権利を守り、子どもの立場に立った開発へのアプローチが重要だと説明しようとしたが、できなかった。

プランの活動は、子どもにとって何が最善かをつねに考えながら、オバマ大統領の説くゴールを目指している。私たちは、その地域に暮らす人々とともに、きっちり五カ月から六カ月かけて計画を練る。家族の構成員すべて――子ども、女性、男性――現地の政府役人、教師、その他の地域の人々も交え、数週間かけて話し合い、解決策を模索する。こうした理念に基づいて私たちプランは行動計画を打ちたて、五年先、六年先には実現させなければならない目標を掲げている。たいていの行動計画のリストは長い。プランがウガンダのために割くことのできる予算はおおよそ決まっている。この予算に基づいて、地域、学校、政府それぞれのメンバーの活動内容、また、プランが支援できる活動内容を決めている。

たとえば、プランが行動計画を練っているときに、地域のメンバーから、プランの建てた病院で抗マラリア剤がなくなったので購入してほしいという報告があるとする。しかしプランの職員は頑としてその要求を受け付けない。それぞれの病院の抗マラリア剤は、政府が補充すべきものだからだ。私はこの件について、厚生省の担当者に確認してある。「地域の病院に抗マラリア剤をプランが補充すべきではありません」とその担当者は言った。「薬剤購入費、抗マラリア剤は、地域の病院に政府から支給されているからです。つまり、地域の役人がそのお金を着服してるということです！」

たとえささやかな金額であっても、個人がサービスや品物にお金を払うと、責任感がめばえ、自分がお金を払ったものを大切に扱うというのは、開発や社会福祉に関わる人間にとっては、常識である。

マリーの手記にあったCD4細胞数測定器——HIV、エイズウィルスに対する免疫力レベルを測定するための機器——をプランが病院に提供したのは、そうした教訓に基づいてのことだった。プランは、CD4測定器でHIV、エイズ患者の血液検査に必要な試薬の、初回ぶんの提供もした。その機器を使いこなせるよう、故障の際には修理できるよう、医療スタッフを訓練した。この検査を受けるのに、個人病院では五万五千ウガンダ・シリングかかるが、この病院では五千シリングですむ。そうして集まったお金で次の試薬を買うという仕組みになっている。ウガンダではよくあることだけれど、マリーが訪問したとき、ほかの薬同様、この試薬の在庫もきれていた。これまでのところカムリでは、検査を受けた人から集める五千シリングだけでは不十分なので、公立病院の試薬購入費の助成を行っている。プランが機器と試薬の提供をしたことで、カムリでは八百人の人がＨＩＶ、エイズ検査を行うことができた。陽性反応が出た人は薬剤治療を受けている。試薬を新たに購入することができれば、さらに多くの人が検査を受けられる。私たちの活動は、政治的にも社会的にも、非常に困難な環境のもとで行われている。先進国の病院と、開発途上国の病院を比べれば、だれもが衝撃を受けるだろう。私たちはマリーのように、「プランは助けようと思っている子どもや大人たちの人生に、なんらかの影響を与えているのか」とつねに問い続けなければならない。成果は間違いなくあがっている。機器にかんしていえば、八百人の人々が、治療が必要かどうかわかったのだから。これからもその数は増えるだろう。まずは今の健康状態を検査することが、ＨＩＶ、エイズ問題に取り組む上で、もっとも困難な第一のハードルだということを、私たちは確信している。

＊

私がプラン・ウガンダ国統括事務所長の役職を引き継ぐためにウガンダにきたのは、二〇〇八年六月のことだ。三週間の引き継ぎ期間中、前任者と私は、プランの担当する四つの地域を旅した。トロロ県で行われていたひとつのプロジェクトに、私は深く感動した。HIV、エイズ問題に八年間も取り組むことによって得た経験と知識から、その、母子感染予防の試験的プロジェクトを立ち上げたことが理解できたからだ。このプロジェクトに最初にかかわっていたのは十五人だ。プロジェクトは次第に大きくなり、今や世界じゅうで賞賛されている。けれどこのような成果を上げるまでに十五年がかかり、私たちはエイズに苦しむ三千人以上の人々のいのちを救ってきた。プランはこのプロジェクトを政府に引き継いでもらう準備を進めている。それこそが私たちの目指すゴールだ。プランの活動地域の住民たちに、義務を果たせるだけの能力を持つ政府を育てることが。

トロロでは、ムブルアのコミュニティにも感銘を受けた。女性の手芸グループが作品をアイルランドに輸出していたのである。初歩的な技術しか持たない男女を、高品質の輸出品を作れるようになるまで訓練し、マーケットを見つける——何年もかかる、根気のいる活動だ。地域の人々をこうして自立させることが、プランのすべてにおける活動の目的なのである。政府の援助であれ、NGOの援助であれ、援助というものの最終的な目的は、援助のいらない状況を作り出すことにある。

プランがウガンダの二百以上もの学校に、校舎と井戸の建設、机や椅子づくりの支援、また、学用品を買う余裕のない親でも子どもを学校に通わせられるように、教科書、ノート、鉛筆などの支援を行ってきたと、誇りを持って言える。女の子たちのために女子トイレを作ろうとしてもいる。本人たちが訴えているように、思春期の女の子にはプライバシーが必要なのだ。

マリー同様、性的暴力にたいしての警告が、すべて女の子に向けられていることには私も怒りを覚える。けれどそうなった背景は理解できるのだ。ウガンダの学校は、プランの支援を受けているいないにかかわらず、ウガンダ大統領の奨励するスローガンを飾っているに過ぎない。アメリカの元大統領ブッシュの掲げたキャンペーン、「セックスにノーと言おう」を真似ただけのスローガンを。

ウガンダの社会的背景は、私には比較的受け入れやすいものだ。なぜなら対比として思い浮かぶのは、イギリスではなく、生まれ故郷であるネパールだからだ。私と同世代のネパール女性同様、幼いころから「忠実、従順であれ」と教育されてきたウガンダ女性の気持ちはよくわかる。とはいってもやはり、ウガンダ人男性がこの従順さにつけこんで、未だに何人もの妻を持ち何人もの子を産ませていることには衝撃を受ける。家庭を捨て、自分の子どもになんの責任も感じない父親がいることにも、憤りを覚える。

マリーの手記にあった売春婦のグループ、ムーンライト・スターズは、プランの支援している「生と生殖に関する健康」サービスを受けている。そのサービスには、ＨＩＶやエイズの感染予防に対する情報や研修、友人知人を啓発するための研修、研修に必要な資料の提供、妊娠中絶後のケア、性病検査、避妊具の提供、カウンセリングなどが含まれている。彼女たちはまた、ＨＩＶとエイズにかんするメッセージを広め、おなじ境遇の人たちに、どこで健康面での支援が得られるのかを伝えている。ウガンダのような社会的背景を持つ国では、こういったことが非常に重要なのである。なぜならほとんどの開発途上国では、女性たちはどこにいけば治療が受けられるのかも、ＨＩＶにどのように感染するのかも、まったく知らないからだ。

ムーンライト・スターズのメンバーと私は、女同士、気兼ねなく話したことがある。「あなたの国では、女性はどんなふうなの？」と、彼女たちは私に訊いた。

「そうね、私の国でもやっぱり社会的地位は低いけど、性的虐待がそう多いわけではないし、この国みたいに男性が子どもを見捨てることもないわ。私たちの国の家族制度は、ものすごく強いの」

私たちは笑った。かなしそうな笑みもあった。

「この国の男も、あなたの国の男の人みたいだったらいいのに！」ひとりの女の子が言った。

私はいっしょにいたプランの男性職員を見た。

「本当ね。ネパールの男性は、家族にたいしてははるかに責任感が強いわ」

男性職員はおもしろくなさそうだった。男性職員のなかには、この女性事務所長は女性をひいきしていると思っている人もいる。けれど私はそんなことは気にしない。自分の国も含めて、べつの国のべつの男性たちからも、そんな不満を聞いたことはある。けれど私は、自分が行動することで何かを変えられると思っている。それこそ、私がもっとも期待していることだ。

こうした社会的背景を考えれば、五カ月前、ある問題を追究するために、プランの技術アドバイザー——ウガンダ人男性だ——のオフィスに立ち寄ったとき、彼が女性の指示にとまどったのも当然の話だ。

「どうしてそんなことを知りたいんですか?」と彼は訊いた。

「もし私が知りたがらなければ、ほかのだれが知りたがると思うの?」私はいささかショックを受けつつ訊き返したが、すぐに、プラン・ウガンダでは女性の事務所長を迎えるのはこれがはじめてだということに気づいた。

「またか!」私は思った。プランで任務にあたるたび、私はいつもその国でその地位に就くはじめての女性なのだ。何年もたつうち、この女性初の任務をなんとしてでもこなしていくことを学んだ。あとに続く女性たちに道を作るために、乗り越えなければならない試練として。件の男性職員と何度もやり合ったあとで、女性職員たちに私は訊いた。

「X氏はどうしてあんなふうにふるまうの?」

「ああ!」彼女たちは笑った。「彼はY部族の出身ですからね。その地域の男性たちは、自分たちは女性より絶対的にまさっていると思ってるんです」

「あなたたちは彼に反論しないの?」私は訊いた。

「わざわざ職場を居心地悪くする必要がありますか?」それが答えだった。

私はX氏に反論した。自分の思ったことを伝えると、彼はショックを受けていた。自分のふるまいをよく思わない女性がいるなどと彼は考えたこともなく、しかも、驚いたことにその女性その人がそれを伝えにきたのだ！

　こうしてみずから気づくことが、彼の行動に変化をもたらす第一歩だ。

　女性への偏見に満ちた社会で活動しなければならないのは、本当に残念なことだ。外からやってきた人が悪い印象を持つのも当然だろう。

＊

　マリーの手記は、そのほかにもさまざまな問題を提唱している。「マリーが作家だということをあなたたちは知らなかったの？」マリーの手記を読んで、彼女が自分の紹介のされかたに疑問を持っていたことを知り、現地職員に尋ねた。

「もちろん知ってました、私たちみんな知っていました」マリー・フィリップスとポーリーン・レイン女史の旅に同行していた、モニカとハリエットは答えた。

「じつは一度、マリーを紹介するときに間違えたんです」と、ハリエットは打ち明けた。「彼女をコンサルタントだと紹介してしまったんです。でもそれで、何か問題があるでしょうか。ムズング（白人）はみんな同じです。貧しい村の人にとっては、なおのこと」。

貧しくて、栄養状態のよくない人たちが、ムズングとひとくくりにして呼んでいる人たちの、職業の違いになど、どれほどの興味を持つだろう？

ウガンダで働きはじめて一年がたったつい最近、私はジム――カムリの旅が人生を変えたかとマリーに訊いた男性――に言った。「だんだん私に心を開いてくれるスタッフが出てきて、とてもうれしいわ。沈黙の文化も少しずつ変化しているわよね」

「ぼくにとってはまだまだです。ここに四年もいるのに」とジムは言った。

「ええ、だってあなたはムズングだもの！」私は彼をからかった。

トランスペアレンシー・インターナショナルは二〇〇八年の報告書で、ウガンダは世界で第三位に腐敗した国と順位づけた。エイズ・結核・マラリア対策世界基金からウガンダへの、二億百万ドルの援助にまつわる「不正管理」疑惑のせいで、その援助が凍結されたのは、数百ある類似ケースの一例でしかない。この不正管理の調査のために設立された基金も、銀行口座から消えている。この事件を受けて、新聞各紙は、世界基金の収支記録が保管されている公訴局の建物を、暴力団が破壊したと報じる始末だ。

プランにかぎらず、どのNGOでも、職員のあいだでなんらかの不正が見つかる。私もかつて、このような横領事件について調査した結果、プログラム・マネージャーをクビにしたことがある。

翌日、三人の職員から、そのマネージャーは女性職員に性的嫌がらせをしていたことを聞かされた。

「なぜ今まで黙っていたの」と私はひどく困惑して訊いた。今まで私はウガンダの四地方のプランのオフィスをまわって、プランにおける、セクシャル・ハラスメントへの姿勢、内部告発への姿勢、プラン・ウガンダでの沈黙の文化に対する私の考えを、職員たちにずっと話してきたのである。

「私たち自身が実践できなくて、どうして地域の人たちに男女平等を説くことができるの？」と私は訊いた。

この沈黙の文化について、ベッドの上で眠れずに思い悩んでいた二〇〇九年、テレビであるニュースを見た。アイルランドの教会付属学校による子どもの虐待の調査結果を公表するニュースだった。「だれもそれについて話さない」と、ニューヨークタイムズ誌のアイルランド記者は書いていた。「沈黙の文化が何十年にもわたって根付いているのだ」と。

プランの女性職員は、ウガンダの全プラン職員に向けて、男女平等実現のための研修計画を進めている。私がこの地に任期しているあと四年のあいだに、この研修計画はなんらかの変化をもたらすはずだと私は確信している。また、従来の社会から「いい意味で逸脱した」先駆者が、男女問わず多くの人々を率いていってくれることも、確信している。

だからマリー、カムリの女学校のために基金を設立するつもりならば、あなたのペンの力で、あなたより恵まれていない女の子たち、女性たちに、変化をもたらしてほしい。けれども、もしあなたがそのペンで書くことが、女の子たちの苦難を見てどれほど自分が困惑したかということや、この困難な文化背景のなか、女の子や女性をめぐる状況を変えようとしているプランへの非難だけだったならば、あなたが助けたいと願う女の子たちがよりよく変化していくのを、はばむことになる。

本当の変化は、学校や水や病院や薬の供給ではもたらされない。オバマ大統領が説いたように、アフリカが（ネパールも）強固な社会制度を作り上げたときにもたらされるのだ。それには、国民の権利を守るためにその資源を活用する、重大な任務を担える頑丈な政府を確立することも、含まれている。それが、プランの目指している変化だ。長く持続し、おとろえることのない、根本的な変化をもたらすには、長い時間がかかるのである。

送金

アーヴィン・ウェルシュ

Remittances

Irvine Welsh

1

スペインを飛び立ち、大西洋を横断する飛行機内で、胃に酸っぱいものがこみあげるのを感じながら、私は故郷に到着するのを待っていた。興奮と不安が入り交じった気分だった。故郷、ドミニカ共和国に帰るのは八年ぶりで、マドリッドで偶然にも気まずい再会をした妹、レナータの、気の重いニュースを私は胸に秘めていた。妹とのさんざんな再会について、母親クリスティーナに伝え、祖母アイーダや、会ったことのない異父弟二人と甥に会うのを、義務のように感じていた。

母と私は昔からうまくいったためしがない。クリスティーナ・メアリー・ロドリゲスは、貧しいドミニカ南部にあるちいさな町、ココセコ出身の田舎娘だった。女の子は、最初にオートバイに乗せてくれたり、トランプ遊びをしたり、いっしょにビールを飲んでくれたやさ男と恋愛をして、妊娠する、ココセコとはつまり、そんな感じの町だった。やがて男たちはその女のもとを去るか、最悪の場合、その場に居座って手のかかるもうひとりの子どもと化す。女たちは男に勧められて、子どもを母親に預け、西部の観光ホテルのどれかに働きにいくか、ヨーロッパ――たいていはスペイン――を放浪する身となる。

クリスティーナは、都会育ちで教養ある私の父に見そめられたおかげで、つかの間とはいえ、そうした運命から逃れることができた。サント・ドミンゴ出身の善良な技師、ホセ・サントスは、かつてココセコを流れるネグラ川にかかる橋の工事を監督していた。ハリケーンで堤防は決壊し、流れが変わったために、多くの住民と同様その川も、もともとの場所から移動させられたのだった。交通局は、川をもとの流れに戻すよりも、そのままにしておいたほうがいいと判断した。堤防を造って新しい流れを定着させ、サン・ファンの町へ向かう道路と、ココセコの町をつなぐ橋を架けるようにと、父を呼び寄せたのだった。

父はそのとき二十八歳、良い（つまり、裕福な）家庭の出身で、仕事の専門知識はアメリカで学んでいた。高い教育を受けているにもかかわらず、彼は典型的なドミニカの男で、性的快楽を我慢するのは苦手だった。はちみつ色の肌、しなやかな体つき、暗く魅惑的な目をした学校帰りのクリスティーナを見たとたん、ホセはたちまち心を奪われた。彼はドミニカ男の流儀にならって彼女に近づき、誘惑するのも同然の会話を持ちかけた。たった十五歳だったクリスティーナは、町を大きく発展させるらしい仕事で現場監督をしている、教養ある男からの褒め言葉に有頂天になるくらいには未熟だった。私、エレナ・ローサ・ロドリゲスは、そんな彼らの交わりの産物である。

クリスティーナの人生が転落した顛末は、ココセコではめずらしい事件ではない。このあたりの女の子が、首都からきた教養あるよそ者ではないにしろ、地元の男たちに妊娠させられる、というのはよくある話だ。にもかかわらず、クリスティーナの母親、私の祖母であるアイーダ・ロドリゲスは、それはそれは落胆した。しかし私の父親は、何をおいても道義を重んじた。クリスティーナとその赤ん坊をサント・ドミンゴに連れて帰り、クリスティーナが正式に結婚できる年齢になるまで、同棲すると決めていた。彼の家族からいくらかお金が援助されると知って、ようやく祖母アイーダも態度を和らげた。

父であるホセのことを、やさしくて愛情深い人だったと私は記憶している。そして彼と強情な若きクリスティーナのあいだには、少なくとも出会った当初には、ほんものの愛があったと思いたい。ホセは市街地のそばに、こぢんまりして快適な庭付きの家を見つけ、母は私を産んだ。はじめのうち、都会の暮らしはおもしろく、育児もやりがいがあったけれど、すぐにクリスティーナはサント・ドミンゴで孤独を感じるようになった。育児の手伝いをしてくれる母親も祖母も姉妹も近くにおらず、ホセの家族は、育児を手伝う気はなさそうだった。はっきり言ってしまうと、彼の母親、私にとっては父方の祖母、無表情な女家長、モニカ・サントスは、田舎娘とその子どもを引き受けることで、ホセは堕落させられたと信じていた。ホセは留守がちだった。交通局の仕事を請け負っていた彼は、サント・ドミンゴから遠く離れた地——とりわけ、観光面での基本設備がまだ整っていない東部方面——で土木工事をまかされて、しょっちゅう出張に出ていた。

子どものころ、父が帰ってきて家にいる数日、数週間がうれしくて、父がまた仕事に帰っていくときは、ただもうかなしくて泣いたことを、はっきりと覚えている。私は六歳で学校に通いはじめた。学校が大好きで、勉強も得意で、友だちもたくさんできた。その少し前に、妹のレナータ・エリザベスが生まれた。それはよろこばしいはずのできごとだったのに、それは母にとってとどめの一撃になった。クリスティーナは都会での孤独に耐えられなくなっていた。その二、三年後、母は父に、私とレナータを連れてココセコに帰ると宣言した。学校になじんでいて、サント・ドミンゴでの暮らしが大好きだった私は失望し、また、混乱もした。

母の宣言にたいしホセがどのような反応をしたかは、なんともいえない。落胆したと思いたいし、どうかいっしょにいてほしいと母を必死で説得したと思いたい。いや、正直に言えば、父と母の関係はうまくいっておらず、二人の激しい言い争いには私も気づいていた。あとになって、父には東部に愛人がいたのだと母から聞かされた。たしかに、父と顔を合わせる機会はだんだん少なくなっていた。それでも家に帰ってくると、父は私を映画館や博物館に連れていってくれ、海沿いのカフェでアイスクリームを食べさせてくれた。

「パパ、私南部にいきたくない」と、私はよく泣きながら訴えたものだった。

すると父は、冗談を言ったりくすぐったりして私を泣き止ませ、ココセコだってどこだって、もしおまえが不幸な目に遭っていたら、すぐに迎えにいってそこから連れ出してやる、と言うのだった。それに、今の仕事では、首都よりもココセコのほうが、おまえにもっとたくさん会いにいけると言うのである。私は父を愛していて、その言葉を疑ったことなどなかったから、そう言われてようやく気持ちを落ち着けることができた。

母の宣言通り、私たちはココセコに引っ越したけれど、私はココセコの町がいやでいやでたまらなかった。町は、うつくしい緑の谷あいにあり、ほとんど雲のない青空からそそぐまばゆい金色の日射しのなか、何もかもがエメラルド色に輝き、揺らめいていた。空高く山々がそびえ、町と比べると空気はひんやりと澄んでいた。けれど心が浮き立つような町の印象も、町そのものに足を踏み入れると、ただちに打ち崩された。私の手を握った母は得意げだったけれど、私は絶望していた。そこは、薄汚れた古い土壁に、さびたトタン屋根のあばらやが立ち並ぶ集落だった。みすぼらしい身なりの、裸足の野生児たちが、豚や山羊や、犬や雌鳥やガチョウ、放し飼いの動物たちと走りまわっていた。物陰には、痩せこけてずる賢そうな顔つきの猫がひそんでいる。街角には若い男たちが集まって、オートバイを修理したり、バーをうろついたり、ビールを飲んだり、カードゲームに興じたり、大きな音でバチャータ音楽を聴いたりしていた。

私たちの家は、古くて壊れそうなあばら屋で、雨の日にはぼろぼろの屋根から雨漏りがした。キーキー鳴る屋根を支えるぐらつく梁に、釘で留めたシーツが、部屋をいくつかに仕切っている。私のベッドはレナータと共有の、寝ると体がむずがゆくなる木製の簡易ベッドで、私はそこで汗まみれになって体をよじり、私の血で満腹になった蚊に悩まされつつ、バイクのエンジンと音楽と笑い声を聞きながら、夜更けまで眠れずにいた。ようやくうとうとしはじめると、近所の雄鳥がけんかを売るような甲高い声で夜明けを告げ、また意識が戻ってきてしまう。けれども最悪なのは、粗末なわらで編んだマットを敷いただけの、不潔な地面に、私のあわれな裸足をおろさなくてはならなかったことだ。ここでの暮らししかほとんど知らないレナータは、こうしたことをすんなり受け入れたけれど、私は、水もトイレも電気もあるサント・ドミンゴの古くて贅沢な家や、都会のコンクリートの歩道、アスファルトの道路がいつまでもいつまでも恋しかった。

ココセコに一軒、ほかと比べたらずいぶんと目立つ贅沢な家があった。ついていないことに、私たちの家はその向かいに建っていて、そのせいでよけい貧しさが際立った。「こんなの、もちろんいっときだけのことよ」クリスティーナは得意げに言っていたものだ。「もうじきパパが新しいおうちを建ててくれるから」私は待ちきれない思いで、みんながいいお家と呼ぶ向かいの家を眺めた。そこの住人はフリーダ・サンチェス。クリスティーナが憎んでいる、きれいに着飾った横柄な女性だ。

「サンチェスさんちみたいにすてきなお家なの、ママ」

「もっともっとすてきなお家よ！」優越感と、自己満足にひたった顔つきで、自宅のポーチに座るフリーダを見て、母はぴしゃりと言った。「見てごらん、彼女が私たちに見せつけているお金の出どころがわかるでしょ」母は、通りの向こうまで聞こえるような大声で言うのだった、「あの女は人の夫を寝取る売女なんだから！」

フリーダはこのむき出しの敵意を受けて立ち、二人はときどき通りを挟んでたがいを罵りあった。「売女の娘！」と彼女は母に向かって叫ぶ。

「あばずれ女！」というのが、それに対する母の決め台詞だった。

この絶え間ない闘争で母の味方になってくれたのは、うちの隣に七人の子どもと住むマリア・ソーサだった。二人はよくおもてに座り、足元でわちゃわちゃと子どもたちを遊ばせながら、フリーダについて作り話をこしらえて、自分たちの冗談にハイエナのような笑い声をあげていた。

ココセコに戻ってまもなく、私たちは悲惨な事件の報せを受け、それによってその後の人生を永遠にくるわされることになる。父が仕事中に亡くなったのだ。めったに起きないような事故だったと言う人もいれば、危険な現場の、安全管理の怠慢をなげく人もいた。はっきりわかっているのは、嵐で浸水した高速道路の今後の対策として、道路脇にブルドーザーで堤防を造っていたところ、そのブルドーザーが倒れ、ホセ・サントスともうひとりの技師、ラモン・フェルナンデスが下敷きになった、ということだ。私の父は即死で、ラモン・フェルナンデスは一命は取り留めたが両脚を切断する羽目になった。ブルドーザーの運転手は無傷だった。この日は私の人生でもっとも救いのない一日だった。すべて失ったと本気で思った。かなしみのなかでフリーダ・サンチェスの気取った顔を見ると、いつにもまして人を小馬鹿にしているように見えた。

2

父の死から数週間は陰鬱な日々が続いたが、やがて私は、思いがけず、元気づけられるような報せを受け取ることになる。私の小学校の成績に、父はきちんと将来性を見いだしていたのだ。父が、私のために信託基金を残しておいてくれたと知って、私は本当にうれしかった。この信託基金は父の死後には父の家族、サントス家の祖母によって管理されることになっていた。一方で父は、レナータの誕生から、母がココセコに帰る決意をする二年のあいだ、妹に同じような基金を作ることはしなかった。

まるで永遠の暗闇のなかで衰弱していって、このままここで朽ち果てるしかないと思っていた私が、なんとかそこから抜け出すのには、こうした報せが必要だった。私はいつだって一生懸命勉強していたけれど、学校にいっていないときは、憎しみでいっぱいだった。けれど、いつまでも憎み続けているのはむずかしかった。ココセコには何もないのだ。いちばん近いサン・ファンの町も、父と訪れるのが大好きだった映画館や劇場や画廊や図書館、そうした施設の揃ったサント・ドミンゴのすばらしさには遠く及ばなかった。とはいえみんなが遊んでいるときに、勉強に集中するのはかんたんなことではない。ほかの女の子たちが男の子のことを考えているとき、私は図書館を思い描いていた。図書館なら、本に囲まれ、神聖な静けさのなかに一日座っていられる。けれど家では、ぶらぶらと無為に過ごすほかなく、担当教師のミナ・ゴメスがよく貸してくれる不思議な本を没頭して読んでは、家のなかから私をさがしにきたクリスティーナに見つかって、変わり者呼ばわりされるのがおちだった。

ココセコの学校は、その地域ではいい学校のひとつとして見なされていたけれど、私が前にいた学校と比べたら、遅れていたし校舎もみすぼらしかった。生徒も職員もやる気がなく、学校にきちんと通いもしなかった。そんななかでミナ・ゴメスは私を大いに励ましてくれた。けれど彼女が力づけてくれても、もし信託基金の詳細とともに父が私にとくべつな手紙を残したことを知らなかったら、私はくじけていただろう。信託基金についての指示は、私の卒業後に伝えられることになっていたのだが、父が亡くなったので、サントス家の祖母と弁護士は、今すぐ私が受け取ったほうがいいと考えたようだ。

愛するエレナ・ローサへ

とうさんのおまえへの愛は無限で、おまえはずっととうさんのプリンセスだということを、信じてほしい。人生というこの壮大な旅のなか、教育と勉強はおまえの親友であり、書物はおまえの仲間だということを、どうか忘れないでいてほしい。

イエス・キリストを友だちとは思わないように。そして、まだ子どものうちに身ごもることが、おまえ自身を救い出す道だなどと、どうか考えないように。おまえもたくさん子どもを産みたくなるかもしれない。けれどたくさんの子どもたちを食べさせるために、必死になって生きることが、自分を神聖にする美徳だなどとも、考えてはいけない。今も、この先も、そんなことはあり得ない。そうして、自分という存在は、どちらであろうと両親の保険証券のようなものだとは、ぜったいに思わないでほしい。

強くあれ。誇りを持って、おまえの思うとおりの人生を歩んでいきなさい。

おまえのパパより

この手紙は希望を与えてくれたけれど、同時にかなしみも与えた。こういう手紙を書いたということは、父はどこか遠く、たぶんアメリカに戻るつもりだったのだろう。そして、このことを母から隠さなくてはならないという、大きな問題もあった。もしクリスティーナがこのことを知ったら、烈火のごとく怒り、嫉妬して、すべてを台無しにするだろう。彼女は夫とその家族から何も受け取っておらず、すてきなお家という夢は永遠に実現しなくなった。私たちはぞっとするようなあばら屋で、死ぬまで暮らす運命となったのだ。

私は手紙を、雨に濡れないよう赤いビニール袋に包んで、川沿いの、父の橋と呼んでいる橋の近くに埋めた。手紙の内容は一言一句漏らさず頭に入っていたけれど、形見として残す必要があった。ときどき頭が混乱して、父は本当にあの手紙を書いたのだろうかと自問することもあった。そして矢もたてもたまらなくなって川縁にいって手紙を掘り起こし、もう一度よく読んで、また土に埋めた。川岸にいくときは、つねに警戒していた。ココセコでは、プライバシーなどないに等しい。

毎晩のように私はすすり泣いていたけれど、母は父の悲惨な運命にかなしみなどいっさい見せなかった。けれどある日学校から帰る途中、父が建てた橋に立ち、父が流れを変えた川を見下ろしている母を見かけた。母の目に涙が浮かんでいるのをたしかに見た。私は母に近づき抱きしめたが、母は私を押し返し、それきり、母も私もこのことには触れなかった。母には、レナータと私のことで、ほかにも考えなければならないことがたくさんあったのだろう。妹はといえば、父の記憶はほとんどなく、父を思い出せるきっかけとなるものも、ないようだった。私と違って、彼女は町にすぐになじんでいった。

大学にいけるときを心待ちにしていたけれど、日がたつにつれて、私は自分の存在をやっかいに思いはじめた。とつぜん胸が大きくなったように思え、外に出るたびに、男の子たちが放っておいてくれない気がした。男の子たちの仕草や話しぶりがおそろしくなって、暗い気持ちになった。彼らの歯をむき出したような笑いや、調子のいい言葉の裏にあるのは、下心だけだとわかっていた。ほかの女の子たちがそう願うように、彼らのだれかと寝たいと私は思わなかったし、子どもなんて絶対にほしくなかった。だから私は賢く立ちまわるすべを覚えた。信心深いふりをしたのだ。外を歩くときは近寄りがたいほど熱心な信者をよそおい、眠るときにはプラスチックのイエス像を枕元に置いた。アイーダはそんな私を気に入って、私のことを貞淑で気品のある少女と言った。私は祖母を愛していたけれど、祖母には少々おかしなところがあった。ときおり彼女の家にいくと、祖母は暗闇にひとり座って、私にはほとんど理解できないきつい方言で、狂ったようにぶつぶつとつぶやいていたりした。

3

レナータは母のお気に入りだった。いつもたのしそうで、はつらつとしていて、ふざけてばかりいる妹は、勉強にしか興味がない私にいつも文句を言っていた。私たちは仲がよかったけれど、考え方はかなり違い、喧嘩をすることもたびたびだった。ただひとつ共通していたのは、二人とも母の激しい気性と強情さを受け継いでいたことだ。出かけるとき、私はよくレナータの世話をたのまれたけれど、彼女はふざけていなくなることがよくあった。このことでいつも母に叱られた。「妹の面倒をちゃんとみなさい!」

彼女が十歳か十一歳になるころ、私たちははっきりと違う道を歩きはじめた。レナータが年上の男の子たちからかけられる大げさな褒め言葉は、私の我慢の限界を超えていた。けれどレナータはそうではなかった。最初は私と同様恥ずかしがっていたけれど、そのうち声に振り向いて、頭をちょこんとかしげるようになった。男の子たちを意のままにできるのをよろこび、彼らにばかげたことをもっと言わせようとした。

クリスティーナはクリスティーナで、身なりのいい、ベンジャミンという名の村の気取り屋からひっきりなしに求婚されていた。彼はいつも新しいシャツを着て、高価なサングラスをかけ、だれもがおなじみの青い洒落たオートバイを乗りまわしていた。彼はまた、町ではじめて携帯電話を手に入れた男でもある。一度、図書館にいけるよう、サン・ファンまでオートバイで送ってあげようと言われたことがある。私は断った。ベンジャミンがこわくて、彼を避けていたのだ。彼の飢えた目は、どこまでも追いかけてくるように思えた。

クリスティーナはベンジャミンを軽蔑していて、彼の誘いを、のんきな調子で断っていた。

「あんな醜男。私のまわりをうろついたって時間の無駄よ」

私はますます自意識過剰になり、ココセコの、すでに子どものいる同世代の女の子たちと自分が違うことを痛いほど感じていた。態度もだらしなくなり、前屈みになって歩いたり、人の目を見なかったりするので、しょっちゅう母と祖母に叱られたり、頭をはたかれたりした。母は口が悪かったが、祖母はそれに輪をかけて毒舌だった。暗がりからあの骨張った拳を突き出して私の頭をコツンと叩き、警告した。「頭を上げて地面から目をそらしなさい！」

食事はきちんととらなかったものの、何かしら食べていると安心した。砂糖たっぷりのフルーツジュースをがぶ飲みし、私はぶくぶく太っていった。一方レナータは、思春期にさしかかり、スリムだけれど出るところはちゃんと出て、映画スターのような体つきになった。外で男の子の集団とすれ違うとき、私は胸で十字を切った。すぐに彼らは私を無視するようになった。正確に言えば、お世辞を言うのをやめて、からかうようになった。

すべての男の子がそんなふうだったわけではない。同級生のルーディという男の子だけはべつだった。彼は恥ずかしがり屋で、勉強熱心で、緊張するとどもる癖があった。そしてほかの男の子たちに容赦なくいじめられていた。彼らはルーディのどもりをからかい、オカマだのうすのろだのと呼んだ。学校で、私とルーディはいっしょに、自分への愛を証明しろと迫る男の子と寝た女の子の劇を上演した。男の子は女の子をＨＩＶに感染させる。それを知った女の子の母親は、一時の感情で男の子を刺し殺してしまう、という内容だ。この劇は、私たちのココセコに対する復讐だった。それから、私がルーディと仲良くするのには、もうひとつ都合のいい理由があった。私たちがセックスをしているはずだとだれもが思っていたので、私たちを放っておいてくれたのだ。実際には、私たちが話しているのは、劇のことばかりだったのに！　彼は私のもっとも近しい仲間になり、私は彼に父の手紙すら見せた。

私は演劇を学びたかったし、女優になることを夢見てもいた。サン・ファンの映画館ではごくまれに映画を上映していたが、ココセコでは闇市でＤＶＤを手に入れるしかなかった。私たちの隣人、ソーサ家には、失踪したマリアの夫が置いていったＤＶＤプレイヤーがあった。映画鑑賞は、読書に勝るとも劣らない、もうひとつの私のよろこびだった。母やレナータ、ソーサ家の女の子たちと映画を見ては、そこでくりひろげられる別世界にうっとりと魅了されていた。

*

卒業式は、人生最良の日だった。卒業証書を持って写真を撮ったけれど、母はそれを自分のベッドわきの古いトランクに入れてしまった。私は今後の教育について祖母と話し合うために、バスに乗ってサント・ドミンゴに向かった。そのときの私の夢は、ニューヨークにいって演劇を学ぶことだった。しかしお金の実権を握っている、つまり信託基金を管理しているサントス家の祖母は、アメリカはノース・カロライナの、チャペル・ヒルという町にある大学で、ホテル業とケータリング業を私に学ばせると決めていた。彼女が言うには、そうすればドミニカに帰ってきて観光業に就くことができる。父の一族はみな愛国者で、父の父親（祖母の夫）はトルヒーヨ将軍の独裁政治に抗議して殺されていた。サントス家の祖母は、教養あるドミニカ人は国にとどまって、国の発展に貢献すべきだとかたく信じていた。祖母はきっと、父にもその考えを植え付けたのだろうと私は思った。

けれど、私はそうはしたくなかった。ドミニカ共和国を離れ二度と帰らない、ということこそ、私が強く求めていたことだった。私は今とはまったく違う人生をずっと夢見ていた。町のだれかが家族や近所の人相手に、ニューヨークやスペインにいった親戚や友人の話をするたびに、興味津々で聞き入っていた。本当に希望する分野に進学するわけではなかったけれど、でも、ノース・カロライナは、新しい人生への第一段階にかわりはなく、私は旅立ちに高揚していた。

4

わずかな荷物しか持たず、父のたいせつな手紙も例の隠し場所に埋めたまま、私はあわただしくアメリカに旅立った。手紙を取りに戻る時間はそのうちできるだろう。成功してココセコにほんのつかの間戻り、手紙を掘り起こして母に読み聞かせ、またアメリカに帰る。今度は永遠に。私はそんなふうに夢想していた。

結果的には、チャペル・ヒルでの学生生活に慣れるまでにはずいぶんと時間がかかった。ノース・カロライナのキャンパスは私には別世界だった。ドミニカ人はめったに見かけず、そもそもラテン系の学生があまりいないようだった。けれど私は自由を堪能し、英語が上達するにつれて友だちも増えた。何よりすばらしかったのは、キャンパス内の学生アパートの一角に借りた、勉強部屋も兼ねた寝室だ。何もかもが真新しく、業者が掃除を代行し、家事をする必要はなく、勉強だけしていればいい！　当然学校には立派な図書館があった。サントス家の祖母に相談することなく、私はホテルとケータリング業から、マーケティングを専門とした、もっと総合的なビジネス学科へと専攻を変えた。就職を視野に入れ、私は女優になるという夢をあきらめはじめた。私の通う大学には演劇サークルがあって、私も所属していたけれど、増加していくばかりの体重を気にして（アメリカの食べものと量の多さは、ドミニカ育ちには耐えがたい魅力だ）、私は舞台監督という裏方に徹していた。

ココセコからは定期的に便りを受け取っていた。男の子のオートバイのうしろに乗せてもらって、サン・ファンのインターネットカフェをしょっちゅう訪れるレナータからのEメールである。彼女のメールに書かれているのは、隣近所のうわさ話と男の子のこと、町でのできごとばかりだ。チャペル・ヒルのノース・キャンパス・コミュニティにある豪華な部屋で、ラップトップ・パソコンを開き、私はそれらを悠々と読んでいた。けれどあるとき、突然メールは途絶えた。何週間かたち、さらに何カ月が過ぎ、私はレナータから緊急のときのためにと聞いていた、ベンジャミンの携帯番号に電話をかけざるを得なくなった。彼は、レナータは半年ほど前に家を出たと言い、母に変わってくれた。母によると、まだ十三歳のレナータは近隣の町の男の子と結婚し、子どもができたという。相手の男の子はあまり良い家の出の子ではなく、クリスティーナはレナータを馬鹿呼ばわりしていたが、それでもレナータが彼の母親や姉妹といっしょに暮らすことに反対はしなかった。「私だって自分のことで手いっぱいなんだもの」と母は言い、もうじき母もまた子どもを産むのだと言った。

私は黙って聞いていた。

「聞いてるの？」と母は電話の向こうでがなるように言った。

「父親はだれなの？」私は訊いた。ベンジャミンだという答えが返ってきても、少しも驚かなかった。

「彼、変わったのよ」と母は言った。「大学にいって法律とビジネスを勉強しようとしているの」

そんなのは妄想だ、ベンジャミンに勉強できるのは、せいぜいドミノに点がいくつあるかとか、通り過ぎる女性の体つきがどんなかとか、そのくらいで、本当の勉強なんかするはずがないと言いたかった。でも言う必要はなかった。私のその沈黙が、代弁してくれていることは明白だったから。

その沈黙が引き金になって、母は私を攻撃しはじめた。「教育も受けて、あちこち世界を見てる、だから自分は私たちを批判できると思ってるんだね！　あんたなんか、むっつり顔のサントス祖母さんみたいに、男を知らない気むずかし屋の売れ残りになるに決まってる！」

なんと答えたかきちんと覚えていないけれど、たぶんこんなふうなことを私は言った。ほかの点についてはどうあれ、父を産んだサントスの祖母に「男を知らない」というのはあてはまらない。が、そもそも論理的思考はクリスティーナの得意とするところではなかった。そうして母が、神とイエスへの私の献身をけなしはじめたので、かつての熱心な信者のまねごとに、母はずっとだまされているとわかった。

それについてちゃんと話すときだと私は思った。「私、宗教なんか信じてないわ」彼女が息を継ごうと言葉を切ったとき、私は口を挟んだ。「肥だめみたいなあの町の間抜けたちに放っておいてもらうために、敬虔な信者のふりをしてただけ。そうやって、その薄汚い家から逃げる計画をたててたのよ。キリスト像だって、自分を気持ちよくするために使ってただけよ」私は叫んだ。

最後の部分は嘘だったけれど、クリスティーナはそれを聞いてようやく黙った。電話からクリスティーナのあえぎ声が聞こえてきた。まるで、あのキリスト像が、私がまさに言ったとおりに、彼女の陰部に押し込まれていくかのようだった。「この淫売！」彼女は電話越しに怒鳴り、続けて私は、彼女の口から祈りの言葉があふれ出るのを——神とその息子に私を赦してほしいと請うのを——生まれてはじめて耳にした。あまりにショックを受けたからなのか、私に罪悪感を覚えさせるためにわざとやったのか、たしかめるすべはなかった。

5

私はレナータがどうなったのか心配で、しょっちゅうEメールをチェックしたが、いつまでたっても連絡はないままだった。クリスティーナとは電話のたびに口論で終わったけれど、母が次第に疲れてきているのがわかった。母には今、息子がいて、もうひとり赤ん坊が生まれるという。ベンジャミンは入院していた。彼は闘鶏場で見知らぬ男と喧嘩をし――お金か女が原因だろう――ナイフで肺を刺されたのだという。闘鶏がらみでけがをするとはなんともベンジャミンにふさわしい話で、気の毒だとも思わなかった。クリスティーナ自身も、さほど気にとめていない様子で、二人目の子を出産して育てるあいだ、面倒をみてもらえるようベンジャミンを彼の母親の元に帰すらしい（あるいはベンジャミンが自分から帰るのか、本当のところはよくわからない）。

二人目の子を産んでから、クリスティーナは私に、勉強をやめてドミニカに戻ってきてほしいと熱心に訴えるようになった。「帰ってきて手伝ってよ！」彼女は泣き叫ぶように言った。「二人も息子がいるの、あなたのちいさな弟じゃないの！　それに甥っ子のルイスもいるわ、あなたのたったひとりの妹の子どもよ。この子たちの顔を見てもいないじゃないの！　帰ってきて手伝ってちょうだい！」

そんな日々のなか、勉強するのはますますたのしくなり、チャペル・ヒルでの暮らしはますますおもしろくなっていたにもかかわらず、私はそれらをぜんぶ手放して、ココセコへ帰って義務を果たすつもりになっていた。けれどそこで、今までどれだけ必死にがんばってきたかを思い出し、また、ネグラ川沿いのゆたかでやわらかい土に埋めてきた、手紙に書かれた父の言葉を思い出した。

「自分という存在は、どちらであろうと両親の保険証券のようなものだとは、ぜったいに思わないでほしい」

このときのことを思い返すと、おそろしくなる。私はもう少しで、今ではさげすんでいる人たちのためにすべてをあきらめて、忌み嫌っていた場所に戻り、かつて非難していたような暮らしをしようとしていたのだから。だから私はとどまることにした。それでも電話は鳴り続けた。今ではクリスティーナのものになったらしいベンジャミンの携帯電話から、電話料金がいくら高くつこうともかまわずに。レナータの名前はいっこうに出てこず、新しい家族と彼女がどんなふうに暮らしているのか訊いても、母ははぐらかすか、当たり障りのない話をするばかりだった。そして母はなおも私に助けを求めていた。いつも何かしらトラブルがあった。男の子のひとりが熱を出した、慈善団体に薬をもらっているけれど、実の娘にそばにいてほしい。嵐で家が被害を受けて、わずかな家財道具が使いものにならなくなった。こんなたいへんなときには、どうしたって実の娘の手助けが必要だ。

町、のどこそこの家の二人がプエルトリコまで泳いでいこうとして、おぼれた。どうか帰ってきて。

なぜ？　私は考えた。いったいなぜ？　私に何ができる？「レナータのところにいって助けてもらったら？　レナータはママのお気に入りでしょ！」私は叫んだ。

レナータが、ココセコの隣町であるサン・マルコの婚家から姿を消したことを、母はそのときようやく打ち明けた。十五歳のある日、彼女は新しい家族を捨てて、ふらりと家を出ていったという。どうやら友だちといっしょにニューヨークに向かったらしい。レナータは幼い息子を義理の姉に預けていったが、彼らはすぐさま赤ん坊をクリスティーナと祖母アイーダのところに送り返してきたそうだ。だからクリスティーナは三人のちいさな男の子たち――彼女自身の息子（一歳と二歳）、二歳になる甥――の面倒をみなければいけなくなったというわけだ！

このころ、私は観念するよりもむしろ、自分を守ろうと決めた。アメリカでの学生生活で培われた考え方に従って、あの狂気じみた場所には二度と帰らないと決めた。現代女性があんな暮らしを送るのは不可能だ。私に言わせれば、ココセコに戻って暮らす女性たちは、トタン屋根のあばら屋のせせこましい庭で、惨めに鎖につながれて、腐ったゴミの山から残りものをあさる、おっぱいのたくさんある黒豚や、山羊やメス犬とおんなじだった。

母は気分を害したようだった。とりわけ、私が胸に抱いていた思いを口にすると、かつてフリーダ・サンチェスをののしった言葉を私に投げつけた。「この罰当たり！　淫売！」

彼女のその侮蔑の言葉も、私への干渉も、あまり気にならなかった。大学のキャンパスでの私の毎日とはかけ離れていたからだ。私にはついにボーイフレンドができた。工学を学ぶ、誠実なコロンビア人のエリックだ。私たちは、キャンパス内の二人の肥満ラテンアメリカ人（しかも間違いなく童貞と処女）と見なされ、その人種とサイズにたいする偏見によって必然的に親しくなった。そうしてつきあうようになった。太った勉強オタクの二人は、激しい欲望でもってたがいのしまりのない体をさぐりあい、興奮し、そうしながら見いだしたものに嫌悪を抱いた。

セックスほど、人生の観点を変える力を持ったものはほかにないということを、私は知った。重要に思えること、自制すること、何かに夢中になること、そんなものは満ち足りたセックスの前では無意味になってしまう。私は今まで馬鹿にしてきた故郷の人たちを、いくらか違った目で見るようになった。ココセコのような町の抱える問題は、乱れた性の文化ではなく、個人の責任感の欠如と女性の権利のなさ、このふたつが結びついて生じているのだと気づいた。だから女性はいつまでも服従させられ、男性は精神的に未熟なままでいる。これもまた私の読んだ本に書いてあったことだ。こうしたフェミニズムにかんする本は、私が何もので、どこからやってきたのかを理解するのを助けてくれた。

私とエリックはダイエットをする約束をし、食生活を変え、キャンパス内にあるスポーツクラブに通いはじめた。決まり切ったメニューをこなすほうが私には楽だと気づき（気の毒なエリックはキャンディやコカ・コーラ、ホットドッグ、ハンバーガーやフライドポテトといったアメリカ的な食べものへの誘惑を、なかなか断ち切ることができない）、体重はみるみる落ちていって、ほかの男性が私を目にとめるようにまでなった。そのなかのひとりが、情熱的かつ精力的なウクライナ人のアレクシーだったのは、エリックにとって悲劇だった。私のなかに、これまでずっと力ずくで抑えられていたドミニカ女性のたましいがあることを、よりはっきりとわからせてくれたのはのちに私の恋人になる、この外国人だった。

6

日々がよりいっそう充実しても、私は勉強への関心を失うことなく、学年二位という優秀な成績で大学を卒業した。その結果、私はニューヨークで修士課程に進むための奨学金をもらえることになった。サントス家の祖母に経済的に頼る必要がなくなったのである。ニューヨークはチャペル・ヒルよりずっと私の肌に合った。何より町にはドミニカ人がたくさんいて、私はドミニカ人コミュニティのあるワシントン・ハイツに引っ越し、ファン・パブロ・ドアアルテ・ブールバードにほど近いアパートを共同で借りた。百六十三番街のアスファルトや、せわしないセント・ニコラス通りで、スペイン語で話す暮らしを私は愛した。バルコニーで、アパートの窓で、店々の軒先で、パイ菓子、パステートの屋台で、誇らしげにはためいているドミニカ共和国の国旗を見ていると、ときどき、サント・ドミンゴのすべてがここにあるような気がした。アレクシーは卒業するとキエフに帰り、私たちは幾度かEメールでやりとりしていたけれど、やがてその関係もサイバー・スペース空間に消滅してしまった。

次のボーイフレンドとなるビクトルは、地元演劇サークルで即興コメディをやっていた。彼はドミニカ系二世だったが、祖国には一度しかいったことがなかった。にもかかわらず祖国に明るい希望を抱き、私がドミニカの悪口を言うのを嫌った。「きみが生まれ育った場所を疎んじているかぎり、自分自身と折り合いをつけられないよ。西洋人はドミニカ人の貧困を非難したがるけど、それは貧困というものに彼らが傷つくからだ。ああ、ぼくも彼らの惨めさを責めたいよ。惨めな彼らを見ているとぼくもたまらない気持ちになる。でも、まず自分たちで行動を起こさないといけない。惨めで不幸な人生を自分たちでなんとかしないとだめなんだ!」

ビクトルにはそうしたものの見方のできる余裕があった。彼の両親はトルヒーヨの独裁政権から逃げてきた社会主義者で、アメリカで財をなした。彼は何不自由なく育ち、このあいだニューヨーク大学で映画を学び学位をおさめたばかりだった。しかしながら、ひねくれものの私でも、彼の言うことにも一理あると認めざるを得なかった。子どものころを思い返せば、あのころの私の惨めさは私自身が作り出したもので、私はそれを、ココセコでの暮らしが気に入らない、都会育ちの少女の愚痴にして、そこいらじゅうにまき散らしていたのだった。私は憂鬱という言葉そのものだった。レナータは、いや、クリスティーナですら、ほかの村の人たちと似て、つまらない喧嘩をしてはいても、基本的にはしあわせな人々なのだ。

ニューヨークでは、また一般的にアメリカでは、物質的にめぐまれているにもかかわらず(もしかしたらそれゆえに)、人はときに退屈を感じたり、憂鬱になったりする。あるささやかなできごとによって私はそれを痛感させられた。ある日地下鉄のなかで、私は本を読んでいる男性と、体を押し合うようにして隣同士に座っていた。ビールと煙草のにおいを漂わせているその人の毛穴から、汗がゆっくりとしたたるのが間近に見えた。彼の肩も、尻も、脚も私の体にぴったり密着していて、同じリズムで呼吸をしているかのようだった。彼が涙ぐんでいることに私はふと気づいた。私には横顔しか見えなかったので、彼が読んでいた本に何が書かれていたのか、どんな言葉がきっかけで彼がここまで感動しているのかもわからなかった。そのことを訊いてみたかったけれど、その勇気を奮い立たせたときには彼は立ち上がり、電車を降りてしまった。たがいにわかり合う運命にないこうした見知らぬ人の、ちょっとした心の動きに触れたこのとき、私ははじめて猛烈に家を恋しく思った。ルーディやクリスティーナ、祖母アイーダ、顔も見ていない子どもたちを思い、サント・ドミンゴの祖母、モニカ・サントスのことまで考えた。けれど私がいちばん話したいのは、レナータだった。

この都会のどこかに彼女はいるはずだった。レストランで働いているらしいが、依然としてEメールの返事はなく、もし本当に知っているのだとしても、クリスティーナは妹の居場所を教えようとしなかった。ワシントン・ハイツの人々に訊いてまわったが、彼女を見たという人はだれひとりいなかった。レストランを通り過ぎるたび、つい足を止めてなかをのぞいた。母に電話をかければ、いつもおきまりの愚痴で終わった。「そろって二人ともが私を見捨てるなんてね！　なんて身勝手な子どもに育てちゃったんだろう！」

応用マーケティングの分野で修士課程を終え、卒業すると、私はロング・アイランドのコミュニティ・カレッジの講師という職に就いた。まずまずのお給料がもらえ、私ははじめて母親に送金することができた。二週間ごとにお給料をもらうたび、地元のウェスタン・ユニオンのオフィスに出向いて、母に宛てて可能なかぎりの送金をした。この送金は、電話口で芝居じみた調子で愚痴を言っていた母をただちに静まらせる効果があった。また、アメリカでの生活をあきらめてドミニカに帰ってこいと言われることも少なくなっていった。

けれどしばらくすると、クリスティーナとのかつての関係にまた戻ってしまった。私の送金はすぐに足りなくなったのだ。母は私をけちだの、もっと悪い言葉でののしり、私は私で、一生懸命働いて稼いだお金が、ベンジャミンや、そのほか彼女がつきあっているろくでなしたちの、シャツ代に費やされているのではないかとおそれて、母に下品な田舎者と言い返した。送金をするたびに、もらって当然とばかりに引きつった冷笑を浮かべ、サン・ファンのビメンカ銀行でお金を数える母の姿が思い浮かんだ。

ロング・アイランドは私の希望と異なり都心からかなり遠かったけれど、仕事は楽しかった。通勤はなかなかたいへんだった。百六十八番街とブロードウェイの交差点から地下鉄に乗ってペンシルヴァニア駅までいき、そこからＭＴＡ（都市交通局）に乗り換えてカレッジまでいく。生徒たちとはうまくやっていた。けれどだんだん、もう一歩前進して、スペインで同じような仕事に就きたいと思うようになった。ビクトルとはすでに別れていた。アレクシー、エリックに続いて、またかなしい別れを体験したわけだが、それでも私は彼ら同様、ビクトルに会えたことにも感謝していた。ビクトルと私は、互いの手に触れずにはいられないほどの仲だったけれど、そうした行為は、私とビクトルが基本的に相容れない人間だということを、うまく隠してくれたのだった。結局私は現実派で、彼は夢想家だった。彼が語るのはいつも、けっして書かれることのない脚本と、けっして作られることのない映画についてばかりだった。つねにあたらしいパートナー――たいていプロデューサーや出資者だ――が彼をまつりあげたけれど、結局それはかかってこない折り返し電話をめぐる、私たちの辛辣な言い争いのもとになるだけだった。

私たちの喧嘩はセックスと同じくらいはげしく、そろそろ何かを変えなくてはならなかった。スペインは、あらたな変化と冒険をいかにも与えてくれそうだった。

7

面接を受けにマドリッドに飛んだ。ニューヨークに住んでいたドミニカ人の友だちで、少し前にマドリッドに移り住んだマリアセーラの部屋に泊めてもらった。カレッジが休みのあいだ、三週間ほどヨーロッパで過ごそうと、私は夏期休暇をとっていた。面接官の話すスペイン語があまりにも格式高く優雅に聞こえ、アメリカで英語を話していたとき以上に、自分が無学な田舎者になったように思えた。

スペインには多くのドミニカ人がいた。大半が女性だった。マリアセーラのボーイフレンド、セヴァリアーノはスペイン人で、ちまたでよく言われる、ドミニカ女性の性にたいする貪欲さについて冗談を口にした。三人のボーイフレンドしか知らず、貪欲な性生活とは無縁だった私は、この冗談を笑えなかった。もともと気性が激しい上に、面接のあとでまだぴりぴりしていた私は、その夜三人でバーにいくと、すぐさま議論をふっかけた。私は次第にマリアセーラにいらいらしはじめた。彼女だって田舎娘だというのに、セヴァリアーノの意見に同調しているように見えたからだ。私が同意できかねることは本質的に何も言わないけれど、次第に敵意をむき出しにしてドミニカ人女性を見下すサヴァリアーノと対照的に、マリアセーラはあたりさわりのないことしか言わない。そんなマリアセーラを見ていると、外国人を前に、自分たちの社会の悪い面ばかりわざと強調するのが、いいことだとは思えなかった。ノース・カロライナでもニューヨークでも、私はいつだって自分の国のいい面を進んで言うようにしていた。自然のうつくしさ、人々の寛大さ、陽気さ、そういったことだ。突然セヴァリアーノが大きな窓を見やって、通りの向こうを指さした。まだ若い二人の女の子が、立ち並ぶアパートのある区画に向かっている。彼はからかうような含み笑いで言った。「あの子たち、エスコート会社の経営するアパートで仕事をしてるドミニカ人だよ。あそこで客をとるんだ」

私はセヴァリアーノの言葉など聞いていなかった。私は、二人のうちのひとり、妹、レナータしか見ていなかった。まさか、ここ、マドリッドで会えるとは！

猛烈な怒りと不満がわき上がり、私は立ち上がると、飲んでいたラムコークを彼の顔にぶちまけた。それは彼のシルクのシャツと白いジャケットをぽたぽたと流れていった。彼は私を大声でののしり、布巾を持ってくるようウエイターに叫んだ。叫び散らしている彼の顔は、特権階級の、甘やかされたお坊ちゃんにしか見えなかった。あとになって私は考えた。それは、母が父を見るたびに抱くようになった気分と、おなじものだったのではないか？　父や、父の家族の気取った態度は、母にとって胸の悪くなるようなものだったのではないか？　彼らにけっして受け入れてもらえない屈辱が、彼女をサント・ドミンゴからココセコへと向かわせたのではないか？

なおも口論しながら、私たちは家に帰った。マリアセーラはずっと泣いていた。私は荷物をまとめて彼女のアパートを出て、質素なホテルにチェック・インした。マリアセーラは（セヴァリアーノまでもが、と言わざるを得ない）、私が出ていくことに反対し、もう一晩泊まって、気持ちが落ち着いてからまた話し合って、仲なおりしようと言ってくれた。けれど、私の激しい気性と、この夜のあまりに残酷な偶然が、すべてをめちゃくちゃにしてしまった。私はひとりにならなければならなかった。我が家の恥を他人に知られることなく、レナータに会うために。

8

翌日、私はまた同じバーにいき、例のアパートの見える、昨日と同じ窓際の席に座って待った。一時間もしないうちに、レナータが男といっしょにあらわれた。品のいい身なりの、年配のビジネスマン風の男だ。三十分後に彼はアパートから出てきた。それからべつの男がやってきた。部屋の明かりがついて、消える。それからまたべつの男。私は男たちの出入りをもっとよく見るために、通りに出た。一度、窓の外を眺めるレナータが見えたが、すぐに年配の外国人が彼女を抱きかかえて部屋に引き戻した。ぞっとした。そのあたりは、あらゆる種類の不快な人たちがうろうろしていた。金歯を入れて脂ぎった髪をした、薄気味の悪い男が私を見て、卑猥な言葉を投げかけた。

「この人でなし！　売女の息子！」私は男に罵声を浴びせた。

男はにやにや笑い続けていた。私は男から離れ、レナータのアパートの呼び鈴を押した。インターホンで名乗るより先に、ロックが開いた。驚いたことに、アパートのなかの、レナータがいるとおぼしき部屋のドアは半開きになっていた。部屋のなかは甘いにおいがし、薄明かりに照らされている。レナータはだれかがくるのを待っているようだった。まぎれもなく、次の客を。バスルームからレナータの浮ついた声が聞こえてきた。「今夜は早いのね、いけない子。今あなたのために準備したところよ。早くきて驚かせるなんて、本当に悪い子ね！」

その言葉を聞いていると気持ちが沈んだ。レナータはやっぱりただの放浪者なんかではない、娼婦なのだ。

黒いネグリジェを着て、ボルヴィックのボトルに口をつけ、レナータは部屋にあらわれた。相変わらずほっそりしていて、今でも十代に見えたけれど、彼女の目には疲れがにじんでいた。白い革のソファのわきに立つ私を見つけると、彼女はショックを受けたように口をつぐんだ。ハンドバッグを持った私の姿は、彼女にはさぞ清楚に見えたに違いない。彼女は目を細めて私を見、「あんた、だれよ。何しにきたの？　この部屋を使いたいなら、考えなおしたほうがいいよ。事務所のジェラルドに電話をすれば、私たちがちゃんと借りてるってことがわかるはず……」

レナータが私だとわからないかもしれないなんて、考えもしなかった。けれど七年もたっていて、八十ポンドも痩せて服のサイズも落ちた。私は笑いかけた。「ママのしゃべりかたにそっくりね！」

私だと気づいて、彼女は表情を和らげた。「エレナ！　まあ！　信じられない！」

「ハーイ、レナータ」言いながら彼女に一歩近づいたときにはすでに、あのとらえどころのなさと計算高さが彼女の態度にあらわれていた。私は彼女の、ぎこちない、おざなりの抱擁を受けた。

「もう帰って」

「だめよ、今までのことを話しましょう、何度もEメールを送ったのよ」

「人がくるの。帰ってったら。今すぐ！」

「待って」私はレナータから目をそらし、最小限の洒落た家具の置かれた部屋をすばやく見渡した。茶色い革の長いす、ガラス製のコーヒーテーブル、プラズマテレビ、酒類がずらり並ぶカクテルキャビネット。「あなたがここで何をしてるか、わかってるわ」

「なんにもわかってない！」レナータは残忍な顔で吐き捨てるように言った。「ここから出ていって！」

「レナータ……本当にひさしぶりじゃないの……今までのこと、話そうよ……」

「話すことなんて何もない！　出てって！　私の前から消えて！」彼女はドアを指さした。

なんと言っていいのかわからなかった。母親が私に不満を持っていることは知っているけれど、レナータまでそうだとは思いもしなかったのだ。「どうしてそんなふうに拒絶するの？」

「なんの話をしてるわけ？　私があんたを拒絶？　信託基金をもらったくせに！」

「私はただ上を目指したくて家を出ただけで……」私は口ごもった。レナータにはそんなチャンスは一度もなかったのだ。それが彼女にとって何を意味していたか、私は今になってようやく理解した。

「手紙」彼女は残忍な笑みを浮かべた。

心臓がすとんと落ちた気がした。何も言えなかった。

「あんたの、ばかげたあの手紙。パパがあんたに残した。あんたが埋めたあれよ」

「どうして……どうして知ってるの……」

「もうないわよ。わたしが燃やしたから」

演劇のトレーニングを思い出し、なんとか怒りを鎮めようとした。論理的に考えようとした。あんなの、ただの紙切れだ。たいせつなのはそこにこめられていた思いで、それは死ぬまで私の内に在る。「どうでもいいわ」私は沈んだ声で言った。「どうやって見つけたの？」

「あんたのルーディを覚えてる？　どもりの」

ルーディ。私のものだったことなど一度もないと言いたかった。少なくとも、レナータの考えるような意味では。けれど黙っていることにした。

「ルーディはあんたがいなくなってさみしくなっちゃって、ママに会いにココセコに帰るたびに、私にまとわりついてたの。あんたがどうしているかってしつこく訊かれたわ。

二人でおしゃべりしていたときに、ルーディが手紙のことをうっかりばらしちゃったってわけ。最初はどこにあるのか教えてくれなかったけど」レナータは笑い、昔のいたずら好きの少女の面影が浮かんだ。「でもなんとかして聞き出したのよ」

「レナータ、そんなこと、どうでもいいわ……」

「そうね。本当にどうでもいいことよね。さあ、さっさと出てって。ニューヨークでもノース・カロライナでもどこへでも帰ってよ。ちょっとは痩せて化粧も覚えたようだけど、あんたが傲慢な不感症の、レズの雌豚ってことに変わりはないよ。出ていけ!」

私はショックを受け、文字どおり身震いした。こんなふうに拒絶され、悪意をむき出しにした下品な言葉を投げつけられるなど、まったく想像だにしていなかった。

部屋を出ていこうとしたとき、生え際まで後退したブロンドの髪を逆立てた、背の高い中年の男が部屋に入ってきた。身なりのいいその男の話しかたには、オランダかドイツのなまりがあった。

「おやおや、今日は私のラッキーデーかな、アンジェリーナ?」

私はレナータが仕事で使っている名前を聞いてたじろいだ。レナータはこういう見ず知らずの人たちに体を開いているのだと実感し、腹の底からむかむかしてきた。

「ひとりぶんの料金で二人がお相手か……間違いなくひとりぶんの料金だろうね」男は念を押した。

「私ひとりよ、ロナルド。友だちは今帰るところ」レナータは嫌悪のこもった目で私を見て言った。

「わかったわ」私は打ちのめされ、おびえ、しぶしぶ引き下がった。この数年ではじめて、ココセコの、太った猫背の少女に戻ったように感じた。今はただ、この悪夢から抜け出して、自分で築き上げたまともな世界に戻りたかった。「もし連絡したくなったら、私のメールアドレスはわかるわね？」私は穏やかに言った。

レナータは返事をせず、その怒り狂った目は早く出ていけと告げていた。

「きみが帰ってしまうなんて残念だな」脂ぎったオランダ人だかドイツ人だかが、出ていく私に猫なで声で言った。

翌朝ホテルで、惨めな気分で目を覚まし、私はEメールをチェックした。マリアセーラからのメールで、面接を受けた大学が連絡を取りたがっていることを知り、電話をかけた。担当する科の秘書が、今回は残念ながら採用を見送る旨を告げた。私にはもはやどうでもいいことだった。妹がこの地でいやしい仕事で生計を立てている以上、マドリッドにはいたくなかった。私のマドリッドでの夢は、今や無残にも打ち砕かれた。私は、レナータや、彼女みたいにここスペインで、ドミニカ女性の名に泥を塗る売春婦たちに毒づき、不採用すらも彼女たちのせいだと思おうとした。私の頭にあるのは、あのだいじな手紙のことだけだった。あの手紙は私のココセコにたいして抱いている愛の象徴だった。それを妹は、恨みと嫉妬で破壊したのだ。

私は航空チケットの変更手続きをし、ニューヨークに予定より早く帰ることにした。そのとき、ふと思いついた。仕事に戻るまではまだ時間がある。ならばその時間を利用してドミニカの家に帰ろう。母にレナータのことを言わねばならない。

9

サント・ドミンゴの空港はずいぶん変わっていた。きちんと整備され、驚くほど贅をつくした場所になっていた。私は車を借りて市内に向かった。グスターボ・メヒア・リカルト通りの、おしゃれなペストリー・カフェ「パナビ」のテーブルについていると、ニューヨークかマドリッドにいるかのようだった。貧困のすぐ隣で、洗練された知識階級があきらかに台頭してきていて、ここに戻ってきてもしかしたら私の居場所があるかもしれない、などとぼんやり考えた。

たんなる資金提供者、信託基金の管理者であり、それ以上のつながりはなかったけれど、サントス家の祖母を訪ねなければならないとも思った。彼女にしてみれば、私は亡き息子の忘れ形見というよりはむしろ、息子をだめにしたふしだら女がいたということの、生ける証人にすぎない。サントス家の祖母は母を、息子と一緒になることで彼の人生をめちゃくちゃにしてやると決めた性悪女だと信じていた。結局、母は父を捨て、そのかなしみで父は注意力散漫になり、ひっくり返ったブルドーザーの下敷きとなる――母の決意は貫かれたというわけだ。ときどき、この夫婦のちょっとしたいき違いから生じた悲劇が、祖母のなかでは邪悪な妄想へと取って代わることもあった。あの事件は間違いなく、あの田舎の魔女が呪いをかけたせいだ、といった具合に。そうして祖母はあらたな妄想に取り憑かれ、父が監督していたハイチ人の作業員もまた、忌まわしい存在だと思い込む。彼らもまた祖母にとっては、父の死に責任をとるべきだと非難される対象だった。とくに、怪我ひとつしなかったブルドーザーの運転手は。「いやったらしい共食いのアフリカ人め」と祖母は吐き捨てるように言った。「自分たちの肥だめみたいな国から出なけりゃよかったのに」

世のなかにはけっして変わらないこともある。たとえこの国の環境が劣悪でも、ハイチ人はもっとひどい暮らしをしていて、私たちドミニカ人におそれられ、毛嫌いされる。世界じゅうの国という国が、スケープゴートとして憎むべき隣人を必要としていると、私は体験から学んだ。ニューヨークに住んでみて、プエルトリコ人が私たちドミニカ人にそうした感情を抱いていることも知った。

この、敵意を隠そうとしない老女の家に一泊し、緊張のとけない一夜を過ごしてから、空港で借りた地味な車で「南部」と呼ばれる地域に向かった（実際には西に向かっていることに、このときはじめて気づいた）。七年前、私が故郷を離れたときと変わらず、アスアへの道は労働者であふれていた。父に連れられてこのあたりにきたときのことを私は思い出していた。あれから工事はひとつも進んでいないようにも見えた。私の思い過ごしかもしれないけれど。

サン・ファンへと続く道を走る。町は、私の記憶とたがわずうつくしく、ココセコに近づくにつれて明かりは少なくなっていった。ココセコの町も以前とまったく変わっていなかった。いや、母の家に着くまでそう思っていた。

自分の目が信じられなかった。トタン屋根に土壁のあばら屋はなくなり、かわりに、柱や門や欄干やテラスのある、コロニアル風な漆喰造りの家が建っていた。壁は芥子色に塗ってある。家の裏側はまだ建築中で、少しずつ作業が進められていることがうかがえた。母の家は、ココセコのこのあたりで、ひときわ誇らしげに建っていた。

私は無意識に向かいのフリーダの家を見やった。母の家のほうが大きい。それをたしかめようともう一度家を見ると、母がポーチに座っていた。見覚えのある女性と、見たことのない男性も母といっしょにいる。白いプラスチックの椅子に座る彼らは、とてもくつろいでいるように見えた。クリスティーナは顔も体も前よりふっくらとし、緑のタンクトップにサイドをボタンでとめたジーンズをはいていたが、ふくらはぎのところでボタンはとまらなくなっていた。太ももは前よりずっと太くなっていて、デニムに包まれたまさに肉の塊だ。ピンで後ろに留められた髪はストレートヘアになっていて、耳には金の輪っかのイヤリングが揺れていた。母の隣で笑っている女性がだれか、ふいに気づいた。かつて母が憎悪していたライバル、フリーダが、母の隣で冷えたマンゴージュースを飲んで笑っているのが、信じられなかった。

母は私にかすかにほほえんだが、立ち上がりはせず、ほかの二人に言った。「うちの娘が帰ってきたよ。ごらんなさい！」それから私を振り返り、「アメリカではちゃんとごはんを食べていないの？」と訊いた。引きつった笑みを浮かべる母を見て、私は思わずこみ上げてきた涙をこらえた。

「ちょっと失礼、フリーダ」クリスティーナはどこか横柄な態度で言った。「フェデリコ、男の子たちを連れてきて。おねえさんとおばさんに会いにきなさい、って。それからアイーダおばあちゃんに、私たちのエレナ・ローサがついにお帰りあそばしましたと伝えなさい、って」

私は今度は笑いをこらえなければならなかった。クリスティーナはまるでジェームス・ボンドの映画に出てくる悪役みたいだ。母が、自分の感情と他人のそれをあやつる天才だということに、このときはじめて気づいた。女優になるという私の夢は消えたけれど、家族のなかでこの方面の才能を持っていたのは母だったのだ。

フリーダ・サンチェスは立ち上がり、私を抱擁した。彼女は今でも優雅で華奢だった。

か細い骨が感じられ、香水のいいにおいがした。フェデリコという男性がどこか恥ずかしそうに近づいてきて、手を差し出し、言った。「お目にかかれてうれしいです」クリスティーナはとうとう、喜んで彼女の意のままになる男性を見つけたのだなと思った。

「ママ、うまくいっているのね」私は椅子に座り、言った。「この家……とてもすてき」

母は私の言葉に満足げにうなずくと、昔をなつかしむように言う。

「あなたのおとうさんがここに立派なお家を建ててやるって言ってたね。私はずっとほしかったんだよ」

「私の送ったお金が役に立って、よかったわ」

母はいぶかしむような顔で私を見た。

「ある意味、パパがこの家を建ててくれたようなものよね」不吉な予感がよぎり、私は説明した。「つまり、パパが私に大学にいくお金を残してくれたでしょ、だから私はちゃんとした仕事について、仕送りができたわけだし……」

母は笑い出し、蠅を片手で払いながら首を振った。「あんたのお金……そんなものでこの家は建てられなかったよ」母の笑いは消え、低く、あわれな声で言った。

「なんですって？」

「レナータよ。この家を建てられたのはレ、、、ナータがお金を送ってくれたおかげ。毎週、送金してくれるの。きちんきちんと。たくさんのお金をね。そうだよ、レナータのお金でこの家を建てたんだよ」クリスティーナは窓の前の欄干に触れ、「あの子は成功したんだ」と高らかに言い、私から目をそらして、かすかにほほえむ口にグラスを運んだ。

血が煮えくりかえるように感じた。私はあの不快なニュースをできるかぎり穏やかに伝えるつもりでいたのに、そんな気持ちはすっかり失せた。「どんな仕事で稼いでいるか知ってるの?」

「ニューヨークの、とても裕福なお家で乳母をしてるのよ」

「馬鹿馬鹿しい!」

「本当よ!」

「でもママ、私はあの子がマドリッドで自分の体を売っているのを見たのよ。あ、、、の子はス、、、ペインで売春をしてい、、、るの!」

母は、この不快な事実を認めることがせめてもの譲歩とでもいうように、肩をすくめ、沈んだ目で私を見つめた。そしてこっそり周囲をうかがい、声を落として言う。「もしこの町にいたとしても、レナータはただで男に体をくれてやるしかできなかったんだよ。どっちが罪深いこと？」

私は自信を失った。私はけっしてレナータのかわりに母の愛を受けることはない。「これからも私にお金を送り続けてほしい？」

クリスティーナの顔に大きな作り笑いが広がった。「もちろん。いくらだって役に立つもの。向こうのお金はこっちでは大金だから。あんたはいい子ね、年老いた母親に会いに帰ってきた、いい子！　派手な暮らしをしている妹とは大違い」

「会えてよかったわ、ママ」私は弱々しく笑い、膝の上で母の手を握った。子どものころのことを思い返すと、これほど母と親密になれたのははじめてだった。

クリスティーナはささやいた。「レナータのことをアイーダおばあちゃんには言わないで。フリーダ・サンチェスにも。みんな、レナータはニューヨークのレストランで一生懸命働いていると思っているんだから」

「わかったわ……」私はつい揶揄せずにはいられなかった。「フリーダとそんなに仲が良くなるなんて不思議ね！」

「彼女はすばらしい人よ」クリスティーナは心から言い、憎々しげに隣家を見た。隣家ではブリキ小屋のまわりを、黒豚とガチョウといっしょになって子どもたちが走りまわり、クリスティーナの冷たい視線から目をそらし、洗濯をしているマリア・ソーサとその妹の足元には、おなかのふくれた野良犬がうずくまっている。「フリーダはこの町の厄介者なんかじゃないからね！」

フェデリコはハーメルンの笛吹きよろしく、子どもたちを従えて戻ってきた。そのうしろに、遅れまいと脚を引きずって歩くアイーダの姿が見えた。クリスティーナは上機嫌で三人の男の子たちを指し、私に紹介した。「あなたの弟たちと甥っ子よ！」

六つの貪欲な目が、夕暮れの薄明かりのなか、私を見つめる。父の異なる弟のひとりは口唇裂で、お下げ顔の少女をつねり、少女の顔に歯形をつけていた。もうひとりは鼻水を垂らした小柄な子で、合図をされたかのように私の膝によじ登った。私は父の孫にあたるルイスに興味を覚えた。彼には父の面影があった。かなしみをたたえた大きな目を見ていると、今後も送金を続けようという気持ちになった。私は両親の保険証書ではない、と父は言った。その通りだ。けれど、この子たちはどうだろう。そのうちひとりは父の孫で、驚くほど父に似ている。この子たちにはどんな保険があるというのか？

祖母のアイーダが私を迎えた。脚を引きずっているのは、昔、ボーイフレンドのオートトバイのうしろにのっていたとき、彼がコントロールを失って事故を起こしたせいだ。大勢と挨拶を交わしたのちに、長旅で疲れていた私はきちんとした部屋に通され、二人の男の子が空けてくれたベッドに横たわった。リビングルームの壁に、高校、大学、大学院、それぞれ卒業したときの私の写真が額におさまって飾られているのに気づき、驚きつつもうれしかった。子どもたちの写真も、レナータの写真もあった。けれど私の写真がいちばん誇らしげに飾られていた。

汚れた敷物に覆われていた床は、ひんやりしたタイル敷きに変わり、ベッドに倒れこんだ私は、ココセコではじめてぐっすりと眠った。

10

世のなかにはけっして変わらないものがある。相変わらず私は隣家の雌鳥がときを知らせる声で目覚める。しばらくベッドに横になり、伸びをし、のびやかな気持ちで、このあたらしい何もかもを味わう。起きて着替える。母がスクランブルエッグの朝食を用意してくれている。今や母にはきちんとしたアメリカ製のオーヴンがあり、家には発電機もある。食堂には、椅子がありテーブルがあるのはもちろん、テレビセットがあり、ＤＶＤプレイヤーがあり、ステレオがあり、たくさんのＣＤがある。レナータのことを考えずにはいられない。家族にこんなふうに贅沢をさせるために、ゆきずりの男たちにトイレのように使われているレナータ。

朝食のあと、散歩に出た私は、いつのまにか川沿いに向かっている。父の橋を渡り、三角州に向かってゆっくりと流れる、濁ったネグラ川を見下ろす。こんなちっぽけな川が、雨期には大氾濫を起こすなんて信じられない。いつか手紙を埋めた場所に近づいたとき、マドリッドのあのアパートと、軽蔑すべき行為を得意げに打ち明けたレナータが、浮かんで消える。本当のことなのか確かめるため、大きな石をどかして地面を掘ると、赤いビニール袋のようなものが見える。驚いたことに、汚れてくしゃくしゃになった袋のなかに、まだ手紙は入っているではないか！　レナータは燃やしてなんかいなかったのだ。そうするかわりに、彼女は最後のページに一言書き加えていた。大きな、黒い大文字で。

「私だってパパの娘」

そう、レナータだって父の娘だ。父があまり時間を割くことのなかった、彼の忙しい人生に、ただ押しつけられただけのような存在だとしても。サント・ドミンゴの少女とは異なる運命を背負った、ココセコの少女。

私は車に乗りこみ、サン・ファンにいって一日あちこち見て過ごしたあとで、ニューヨークの友だちと、マドリッドのマリアセーラにEメールを送る。マリアセーラには私のしたことへの、心から謝罪の言葉を添える。最後の一通を送ったとき、あたらしいメールが受信箱に飛び込んでくる。急いでメールを開き、それがレナータからだと気づき、心臓が止まりそうになる。

最愛のエレナ

昨日の私がしたひどいことを、どうか許してください。私はただ、自分の生活の一部となったおそろしく惨めな場所で、あなたに姿を見られたことがはずかしくてたまらなかったの。本当はすごくあなたに会いたかった、でも、今やっていることをやめるまでは会いたくなかった。

それから、あなたの手紙を燃やしてなんかいないことも、伝えます。あんまり怒っていたから、もしかして汚してしまったかもしれないけれど。もう一度書きます、どうか許してください。

ママと、ラモンとカエサルとルイスのために、お金を送っています。でも自分のためにも貯金もしているし、もうじき、アメリカの市民権を持っているドミニカの人と結婚することになっています。近く、ニューヨークであなたに会いたいです。

愛をこめて。

レナータ

私はすぐ返信する。するとまたメールが返ってきて、ほとんど一日、私たちは怒濤のようなメールのやりとりをする。やがてレナータは仕事に戻らなくてはならなくなり、私は疲れ切って車に乗りこみ、ココセコの家を目指す。

ぎらつく太陽が地平線の向こうに沈みはじめるころ、みんなが集まっているのが見えてくる。中庭とポーチに集まった人たちは、プレジデント・ビールの瓶を取り出している。

男性たちはドミニカ男の流儀に則って私を褒めそやし、家に迎え入れる。私は一点の曇りもない愛情と好意に包まれる。母が私を見つめて泣き出し、自分の母親の腕に倒れこむ。ここで暮らしていけるかはわからないし、父の手紙はジーンズのポケットで熱を放っていたけれど、でも、こんな瞬間を、生まれてからずっとずっと、私は待っていたと認めよう。今、父にもらったよりもっとたくさんの手紙を私は持っている。学者と娼婦のあいだでやりとりされた、貴重なメールの数々だ。それは、けっして見返りを期待しない、私たちの送金の記録でもある。

本書は、国際NGOプランが推進するBecause I am a Girlキャンペーンの主旨に賛同した作家が、それぞれ異なる国のプランの活動地を取材し、その体験をもとに執筆して生まれた書籍です。

Because I am a Girlキャンペーンとは

子どもとともに地域開発を進める国際NGOプランが、日本をはじめイギリス、オーストラリア、オランダ、カナダなどで展開しているグローバルキャンペーンです。女性であるために様々な困難に直面する途上国の女の子たちの問題を訴え、彼女たちが「生きていく力」を身に付けることを目指しています。

世界の女の子に、生きていく力を。

Because I am a Girlキャンペーンサイト
http://www.plan-japan.org/girl/

Because I am a Girl公式Facebookページ
http://www.facebook.com/Girl.PlanJapan.org

本書の印税・売上の一部は国際NGOプランに寄付され、途上国の子どもたちを支援する活動に役立てられます。

［著者］

ティム・ブッチャー　Tim Butcher

『デイリー・テレグラフ』紙の元海外特派員で、現在はジャーナリストとしてノンフィクション作品やルポを執筆している。

グオ・シャオルー　Xiaolu Guo

小説家、映画監督。ロカルノ映画祭金豹賞を受賞した『中国娘』やクレテイユ国際女性映画祭で最優秀フィクション賞を受賞した『How Is Your Fish Today?』などの作品がある。

ジョアン・ハリス　Joanne Harris

小説家。ホワイトブレッド賞最終候補作で後に映画化された『ショコラ』をはじめとして『ブラックベリー・ワイン』、『1/4 のオレンジ 5 切れ』などの著作多数。

キャシー・レット　Kathy Lette

小説家、コラムニスト、脚本家。『渚のレッスン――ハイスクール・グラフィティー』など著作多数。小説は 14 ヵ国語に翻訳され、2 作は映画化もされている。

デボラ・モガー　Deborah Moggach

小説家、脚本家。『チューリップ熱』をはじめ著作多数。映画『プライドと偏見』では脚本を手がけ、BAFTA 賞候補となった。

マリー・フィリップス　Marie Phillips

人類学とドキュメンタリー制作を学んだのち、テレビ局の調査員、フリーの書籍販売人として働く。『お行儀の悪い神々』著者。

アーヴィン・ウェルシュ　Irvine Welsh

小説家。映画化された『トレインスポッティング』は世界的ヒットを記録した。ほか多数の著作をもつ。

［訳者］

角田光代　Mitsuyo Kakuta

1967 年神奈川県生まれ。1990 年に「幸福な遊戯」で海燕新人文学賞を受賞しデビュー。その後『対岸の彼女』（直木賞）、『八日目の蝉』（中央公論文芸賞）など著作多数。近刊に『かなたの子』（泉鏡花文学賞）、『曽根崎心中』、『空の拳』など。

Because I am a Girl
わたしは女の子だから

発行日	2012年 11月30日 第1版 第1刷
著者	ティム・ブッチャー、グオ・シャオルー、ジョアン・ハリス、キャシー・レット、デボラ・モガー、マリー・フィリップス、アーヴィン・ウェルシュ
訳者	角田光代（かくた・みつよ）
発行人	原田英治
発行	英治出版株式会社 〒150-0022 東京都渋谷区恵比寿南1-9-12 ピトレスクビル4F 電話 03-5773-0193 FAX 03-5773-0194 http://www.eijipress.co.jp/
プロデューサー	下田理
スタッフ	原田涼子 高野達成 岩田大志 藤竹賢一郎 山下智也 杉崎真名 鈴木美穂 原口さとみ 山本有子 千葉英樹 村上航
印刷・製本	大日本印刷株式会社
装画	小川かなこ
装丁	池田進吾（67）

ISBN978-4-86276-118-7 C0030 Printed in Japan

英治出版からのお知らせ

本書に関するご意見・ご感想をE-mail（editor@eijipress.co.jp）で受け付けています。
また、英治出版ではメールマガジン、ブログ、ツイッターなどで新刊情報やイベント情報を配信しております。ぜひ一度、アクセスしてみてください。

メールマガジン：会員登録はホームページにて
ブログ：www.eijipress.co.jp/blog/
ツイッターID：@eijipress
フェイスブック：www.facebook.com/eijipress

祈りよ力となれ
リーマ・ボウイー自伝

リーマ・ボウイー、キャロル・ミザーズ著　東方雅美訳

彼女たちの声が、破滅に向かう国家を救った――。紛争で荒廃する社会、夫からの激しい暴力、飢える子供たち……泥沼の紛争を終結させるために立ち上がった彼女の声は民族・宗教・政治の壁を超えて国中の女性たちの心を結び、ついには平和を実現する。2011年ノーベル平和賞受賞者の勇気溢れる自伝。

定価：本体2,200円＋税　ISBN978-4-86276-137-8

私は、走ろうと決めた。
「世界最悪の地」の女性たちとの挑戦

リサ・J・シャノン著　松本裕訳

ルワンダの悪夢は隣国コンゴで続いていた――。蔓延する性暴力、偏見と孤立、絶望的な貧困、民兵の脅威……繰り返される悲劇を止めるべくたった一人で立ち上がった著者が、紛争地で見た真実とは。想像を絶する運命に抗い、強く生きようとする女性たちの哀しくも美しい姿を描いた心ゆさぶるノンフィクション。

定価：本体1,900円＋税　ISBN978-4-86276-126-2

ブルー・セーター
引き裂かれた世界をつなぐ起業家たちの物語

ジャクリーン・ノヴォグラッツ著　北村陽子訳

世界を変えるような仕事がしたい――。理想に燃えて海外へ向かった著者が見た、貧困の現実と人間の真実。「忍耐強い資本主義」を掲げ、投資によって大勢の貧困脱却を支援する「アキュメン・ファンド」の創設者が、引き裂かれた世界のリアルな姿と、それを変革する方法を語った全米ベストセラー。

定価：本体2,200円＋税　ISBN978-4-86276-061-6

ハーフ・ザ・スカイ
彼女たちが世界の希望に変わるまで

ニコラス・D・クリストフ、シェリル・ウーダン著　北村陽子訳　藤原志帆子解説

今日も、同じ空の下のどこかで、女性であるがゆえに奪われている命がある。人身売買、名誉殺人、医療不足による妊産婦の死亡など、その実態は想像を絶する。衝撃を受けた記者の二人（著者）は、各国を取材する傍ら、自ら少女たちの救出に乗り出す。そこで目にしたものとは――。

定価：本体1,900円＋税　ISBN978-4-86276-086-9